C4 F2

D1281889

# DU MÊME AUTEUR

LA FILLE
DU SHÉRIF

MARCEL AYMÉ

# LA FILLE
# DU SHÉRIF

nouvelles

*Édition établie, présentée
et annotée
par Michel Lecureur*

GALLIMARD

# PRÉFACE

*Vingt ans après sa disparition, Marcel Aymé est toujours vivant dans nos cœurs et nos esprits et nous ne pouvions mieux servir sa mémoire qu'en réunissant ces nouvelles en un volume. Elles dormaient dans ses dossiers ou n'avaient connu pour la plupart qu'une existence éphémère dans la presse. Nous remercions Madame Marcel Aymé de nous avoir aidé à en retrouver certaines.*

*L'une d'elles,* La fille du shérif, *nous a paru devoir donner son titre à ce recueil, afin de rester dans la tradition de Marcel Aymé dont les volumes de nouvelles se sont appelés* Le Puits aux images, Le Nain, Le Passe-Muraille, *etc. Elle résume bien la piètre opinion dans laquelle il tenait les hommes politiques après guerre et témoigne du rôle qu'il s'était assigné. Le doux Marcel Aymé, le tendre créateur de Delphine et Marinette, estimait que l'écrivain ne pouvait plus être le témoin de son temps, puisque le public était « amplement renseigné par la presse, la radio, le cinéma et la télévision — sans compter les ouvrages de documentation. (Il devait donc) être non plus le témoin, mais la conscience de son temps ». En 1957, lorsqu'il adressait cette réponse à Michel de Saint-Pierre, il avait durci le ton de ses jugements sur la vie politique. En juillet 1933, dans* Fantasio, *il avait été plus indulgent à l'égard de certains grands ténors de la Troisième République, en publiant* Premier prix de Comédie. Premier prix de

Tragédie. *En fait, le titre de son manuscrit, que le docteur Paul Léophonte nous avait aimablement communiqué pour notre premier* Cahier Marcel Aymé, *était* Les Grandes Récompenses.

Caïn *est un texte absolument inédit. Nous le devons à l'obligeance de la sœur de Marcel Aymé, Madame Suzanne Muller, qui nous l'avait communiqué peu avant sa mort en 1984. Elle nous avait également remis* Et le monde continua *publié dans le* Cahier Marcel Aymé n° 3 *en 1984. Il s'agit là d'œuvres de jeunesse dans lesquelles l'auteur cherche à maîtriser son art. Évoquant la seconde de ces nouvelles dans une lettre du 26 janvier 1927 à son frère Georges, il l'informe tout d'abord que « le conte ne s'appelle plus* En l'an 1000 *mais* Et le monde continua ». *Puis, après avoir convenu avec lui de quelques corrections, il expose l'une de ses conceptions. Apprenant que le voisin de bureau de Georges avait affirmé que la question devait être immédiatement posée dans un conte, il s'insurge et répond : « Pourquoi donc ? Voilà un aphorisme gratuit et qui m'a l'air d'un préjugé. Je crois qu'il y a plusieurs procédés également recommandables. Il y a les hommes qui à la première fois qu'ils voient une femme leur demandent tout à trac d'enlever leur pantalon et il y en a d'autres qui font une cour de six mois. Cela dépend du sujet à traiter et de l'homme. J'aime mieux faire la cour. L'essentiel est, je pense, que le lecteur ne s'ennuie pas. »*

*D'autres nouvelles du début de la carrière de Marcel Aymé, comme* L'œil, *témoignent aussi d'une volonté d'originalité et d'humour. On y devine le désir de surprendre et de faire sourire. Dans* L'Image, *revue que dirigeait Roland Dorgelès, Marcel Aymé a publié un conte parfaitement abracadabrant,* Les frères Legendum, *et il s'est gardé ensuite de cultiver un fantastique aussi compliqué.*

*Esprit profondément original et farouchement indépendant, Marcel Aymé a souvent voulu s'opposer, résister, prendre le contre-pied.* Bergère *est, à ce titre, un anti-conte, puisque la bergère y choisit de ne pas épouser le prince, mais un jeune paysan de ses voisins. De même,* Le train des épouses *inverse la situation bien connue dans les stations balnéaires, du train des maris qui arrive tous les vendredis soir.*

*Ces nouvelles oubliées témoignent aussi de ses expériences de jeunesse. Il en est ainsi de* Noblesse *et du* Diable au studio *qui se réfèrent à son passé de figurant de cinéma. Contraint d'exercer différents petits métiers pour vivre dans les années 24-25, il a connu l'ambiance des studios et les petites rivalités que suscite inévitablement la répartition des rôles.*

*Montmartre, où il a vécu une trentaine d'années, a pu inspirer une nouvelle comme* Entre les pages. Confidences, *quant à elle, y est précisément située, puisqu'elle met en scène des poulbots dans l'escalier de la rue du Mont-Cenis.*

*Des nouvelles comme* Augmentation *et* Le monument *sont d'inspiration provinciale. La seconde, en particulier, évoque le monde fermé de la bourgeoisie de province qui n'accorde aucun prix à la valeur des individus pour ne s'attacher qu'à l'argent et au rang social. Publiée en mai 1948 dans la revue* La Table ronde, *elle est curieusement située à Blémont, où se déroule* Uranus, *paru la même année. La raillerie sociale est également perceptible dans* Un crime *où un médecin assassin sauve sa tête parce que, « à tort ou à raison, les juges considèrent le corps médical comme l'une des plus solides assises du régime qu'ils sont payés pour défendre ».*

Knate *a déjà été publiée par les éditions Gallimard, mais dans un volume intitulé* Neuf et une, *en 1936. Il s'était agi alors de marquer le dixième anniversaire du prix Renaudot en demandant une nouvelle à chacun des lauréats.* Knate *est un texte fort curieux, entièrement composé du soliloque d'un tailleur en train de prendre les mesures d'un client. On se croirait au Café du Commerce ou déjà dans le salon du coiffeur de* Travelingue. *Marcel Aymé y excelle dans l'art de recréer les tournures et les schémas de la pensée populaire.*

17 noir impair et manque *est à rapprocher d'*Aller-Retour, *roman du début de la carrière de Marcel Aymé, car elle nous*

*entraîne, elle aussi, dans le monde du jeu. L'auteur s'y révèle connaisseur des jeux de hasard et nous livre quelques observations pertinentes, notamment au sujet des joueuses.* Il n'a *pourtant guère fréquenté les casinos car il refusait de s'habiller comme il convenait pour y pénétrer. Mais il possédait lui-même une roulette et y jouait parfois avec des amis qui sont probablement à l'origine de ses observations.*

*Avec* Samson *et* Manquer le train, *Marcel Aymé est allé beaucoup plus loin. La première renouvelle tout simplement le personnage biblique et la seconde, publiée dans* Le Figaro *le 30 janvier 1937, est à rapprocher de* Rue du Havre, *de Paul Guimard. Les gens vivent en parallèle et ne se rencontrent jamais. Il suffirait d'un fait anodin pour qu'il en soit autrement.*

*Dans la mesure où l'on ne peut oublier le personnage de Martin lorsque l'on évoque les nouvelles de Marcel Aymé, nous avons tenu à présenter quatre histoires où il intervient. La première est celle d'un poète nommé Martin qui devint tellement populaire qu'« il n'y eut plus dans le pays qu'un seul parti, celui de la poésie, et les gens furent à peu près heureux ». La deuxième est celle d'« un coureur à pied du nom de Martin », la troisième celle d'un curieux personnage qui « tous les soirs, sur le coup de huit heures, (...) changeait de sexe pour, le lendemain matin à huit heures, revenir au masculin ». La quatrième, enfin, met en scène « un cultivateur du nom de Martin qui possédait les plus beaux blés de son village, mais qui ne trouvait pas le moyen de marier ses deux filles jumelles ».*

*La quasi-totalité des nouvelles de ce recueil mêle allégrement le fantastique au réalisme, l'irréel au réel, selon un art bien caractéristique de l'œuvre ayméenne. Les plus significatives à ce sujet sont* Accident de voiture *qui met en scène le diable,* Le nez des jumelles *qui fait intervenir saint Christophe et* Le couple *qui raconte la délicieuse histoire de deux jeunes amoureux, Antoine et Valérie, qui se fondent un soir en une seule personne sous les apparences d'Antoine. Le fantastique devient alors source d'humour, de satire et d'action.*

*A lire ces nouvelles, l'on peut se dire que, au-delà de la mort, Marcel Aymé l'Enchanteur, Marcel Aymé le Magicien, nous fait signe et nous charme à nouveau.*

Michel Lecureur.

# RÉFÉRENCES

La fille du shérif *Gazette des Lettres*, 15-01-1951. *Combat*, 18-01-1951. *Cahier M. Aymé n° 2*, 1983.

Premier prix de Comédie. Premier prix de Tragédie *ou* Les Grandes Récompenses *Fantasio*, 01-07-1933. *Cahier M. Aymé n° 1*, 1982.

Caïn  Inédit.

Et le monde continua  *Cahier Marcel Aymé n° 3*, 1984.

L'œil  *Candide*, 19-12-1929.

Les frères Legendum  *L'Image*, 27-05-1932.

Bergère  *L'Intransigeant*, 16-12-1936.

Le train des épouses  *Fantasio*, 16-07-1933.

Noblesse  *Candide*, 03-07-1930.

Le diable au studio  *L'Image*, 07-07-1933.

Entre les pages  *Candide*, 09-06-1932.

Confidences  *Arts et Lettres*, 1943.

Augmentation  *Candide*, 16-10-1930.

Le monument  *La Table ronde*, Mai 1948.

Un crime  *Aspects de la France*, 21-12-1951.

Knate  *Neuf et une*, Gallimard, 1936.

17 noir impair et manque  *Fantasio*, 16-09-1933.

Samson  *La Table ronde*, 03-01-1945.

Manquer le train  *Le Figaro*, 30-01-1937.

Un poète nommé Martin  *Le Figaro*, 14-01-1950. *Cahier M. Aymé n° 3*, 1984.

Un coureur à pied du nom de Martin  *La Parisienne*, février 1954.

Héloïse  *Carrefour*, 15-10-1952. *Nouvelle Table ronde*, 1970.

Accident de voiture  Revue non identifiée. Probablement au Maroc dans les années 60.

Le nez des jumelles  Revue non identifiée. Probablement à Paris dans les années 1934-1935.

Le couple  *Les Nouvelles littéraires*, 23-08-1962. *Cahier M. Aymé n° 3*, 1984.

# La fille du shérif

*Cette nouvelle fut publiée le 15 janvier 1951 par* La Gazette des Lettres *et reprise le 18 dans* Combat. *Raymond Dumay, rédacteur en chef de* La Gazette des Lettres, *avait eu l'idée de demander à quelques auteurs de raconter le roman qu'ils avaient envie d'écrire, mais qu'ils n'écriraient jamais. Voici la réponse de Marcel Aymé pour laquelle, bien entendu, comme le précisait* La Gazette des Lettres, *toute ressemblance avec des personnages existant, ou ayant existé, ne serait que pure coïncidence.*

Excusez-moi, cher Raymond Dumay, de brûler le préambule et d'en venir tout de suite à l'action. Elle est toute simple, l'action, et déjà bien connue : en 1952, ou 3, l'Amérique et la Russie, très décidées à ne pas s'atomiser mutuellement, mais obligées par leur politique imbécile à se faire la guerre, déclenchent les hostilités et déversent leurs provisions atomiques sur le territoire français dont, naguère, notre gouvernement vendit aux U.S.A., pour quelques aises ministérielles, la libre disposition.

Tandis que flambent en France la meule et l'atelier, une poignée de héros, parmi lesquels MM. Moque et Choumane, défendent notre chère patrie aux États-Unis où on les a parqués dans une petite ville de l'État de Missouri. Le shérif a reçu l'ordre de les avoir à l'œil.

La guerre dure depuis six mois et il y a quatorze millions de Français tués, douze mille Russes et sept mille Américains. La France libre, dans son petit enclos de l'État de Missouri, se réjouit de ce que l'armement américain soit aussi efficace. Ses membres se succèdent sans interruption à la radio, expliquant aux Français asservis que chaque fois que cent mille d'entre eux sont atomisés, c'est une très bonne chose qui avance la fin de la guerre. M. Moque exhorte la canaille à mourir avec crânerie, selon les bonnes vieilles traditions, tandis que M. Choumane recommande instamment de réciter, si on en a le temps, une petite prière avant que de crever.

Le gouvernement français (le vrai, celui de Missouri) a un bon moral, mais il trouve que les Américains sont lents à prendre l'offensive. M. Moque en ayant fait respectueusement l'observation au shérif de l'endroit, celui-ci le fait incorporer dans un régiment d'infanterie aéroportée et l'envoie en Afrique combattre les Russes sur le front du Sénégal. Les autres membres du gouvernement se le tiennent pour dit. Le temps passe, la guerre se prolonge et pourtant, il reste encore en France près de vingt et un millions d'habitants. Notre vrai gouvernement s'impatiente.

Enfin, les Américains déclenchent leur tant attendue grande offensive. La France est labourée, déchirée, pulvérisée. Et le deuxième jour de l'offensive, les journaux américains annoncent triomphalement : *Paris est détruit.* Tous les puritains et les honnêtes gens se réjouissent de voir atomisée celle qui fut, disent-ils, la Sodome et la Gomorrhe des temps modernes. Le vrai gouvernement français, un moment démonté, se ressaisit aussitôt et M. Choumane rend grâces aux Américains qui, ayant ainsi supprimé d'un coup tous les Parisiens, ont en même temps détruit les gourgandines de la capitale, les sans-Dieu et les collaborateurs.

Au bout de huit jours d'offensive, comme les neuf dixièmes des Français ont péri, les Américains découvrent que leur guerre n'a plus d'objet. La paix est signée. De retour en France, les membres du vrai gouvernement reconstituent les partis politiques, fusillent cent mille personnes, en emprisonnent deux cent mille, soit en tout le dixième de la population, et s'offrent un nouveau scandale des vins. Écœuré, l'O.N.U. décrète que la France sera rayée de la carte du monde. On dirigera l'élément féminin vers les U.S.A. où les bonnes à tout faire sont introuvables et, pour les hommes, on leur coupera les c... qui ne tiennent d'ailleurs qu'à un fil.

Le lecteur l'aura sûrement deviné, ces événements calamiteux, qui s'inscrivent en majuscules dans notre sinistre présent, ne sont pas l'essentiel du roman. Ce n'est rien de plus qu'une toile de fond sur laquelle je brode une délicieuse histoire d'amour, celle du fils de notre vrai ministre de l'Enregistrement et de la fille du shérif. Ces deux enfants-là, c'est évident, s'adorent. Oh, hors Ormuz, vieux serviteur nègre du shérif, toute la famille est hostile à l'idée d'un mariage avec le Français. Les voisins y sont également opposés. Faulkner réserve son opinion.

Les amants soupirent, mais non pas si chastement que Dolly, la jeune fille, ne devienne grosse des œuvres de Nénesse, le fils du ministre. Lorsque le shérif s'en avise, la guerre est terminée et les Français sont rentrés chez eux. Il envoie au fils du ministre de l'Enregistrement une carte lui enjoignant de venir réparer. Nénesse prend l'avion, débarque dans l'État de Missouri et épouse incontinent, mais en se gardant bien de révéler qu'il a été touché par le décret de l'O.N.U. et qu'il est maintenant retranché de la vie sexuelle. Le roman s'achève sur une très belle étude du complexe de castration.

# Premier prix de Comédie, Premier prix de Tragédie ou Les Grandes Récompenses

Ce sera l'honneur de ma vie d'avoir réalisé cet ambitieux projet où plus d'un impresario habile se serait cassé le nez. J'avais observé que la mode des concours allait chaque année grandissant, et, comme le bruit courait depuis longtemps déjà que l'avenir de la France était dans une sélection rationnelle des citoyens par voie de concours, je formai le dessein d'organiser une manifestation éclatante, d'un caractère national, et où nos grands hommes politiques, payant d'exemple, entreraient en compétition pour disputer une palme symbolique. Il s'agissait donc d'un concours, mais déjà fallait-il en choisir l'objet. Ma première pensée fut naturellement de décerner un prix de beauté, mais je ne m'y arrêtai point; certes, il ne manquait pas de jolis garçons à la tête du gouvernement, mais ce genre d'épreuves ne se pouvait parer de la solennité convenable à une fête que je souhaitais grandiose; d'ailleurs, le résultat eût été couru d'avance, et M. Albert Lebrun l'emportait évidemment.

Je rêvais d'une couronne qui rendît compte des mérites en quelque sorte professionnels du lauréat. L'idée m'en fut inspirée par l'approche de cette cérémonie annuelle qui consiste à décerner des récompenses aux meilleurs élèves du Conservatoire. Mon choix était dès lors arrêté : mes illustres candidats brigueraient, selon leurs préférences et leurs dispositions naturelles, le Grand Prix de Comédie ou le Grand Prix de Tragédie.

Je dois le dire, mon projet se heurta d'abord à quelque résistance de la part des intéressés. M. Édouard Daladier, que je sollicitai le premier, m'accueillit presque froidement, mais, sans me démonter, je lui dis avec cette rondeur perfide qui me rend parfois si redoutable : « Vous verrez que vous aurez ce pauvre M. Herriot encore un coup », et cela le décida tout aussitôt. Je me proposais de renouveler la manœuvre auprès de M. Édouard Herriot, mais le maire de Lyon m'arrêta dès les premiers mots pour me donner son adhésion; telle était sa joie de paraître devant un public d'élite, qu'il m'embrassa sur les deux joues, comme si j'eusse été une petite fille, et me combla d'un autographe et d'une pipe souvenir. Ces deux collaborations acquises, les choses marchèrent assez rondement.

Lorsque je fus assuré d'avoir tout mon monde, j'arrêtai définitivement la date et l'endroit de cette incomparable manifestation artistique. Elle eut lieu un dimanche matin, et à ciel ouvert, dans les Arènes de Lutèce, proches du jardin des Plantes. A l'heure où l'on boit les premiers vins blancs sur les zincs opalins, la musique de la garde républicaine préludait au gracieux tournoi par les mâles accents de notre *Marseillaise*. Le ciel était d'un bleu profond, et la nature avait bien voulu être en fête.

### Le jury.

Je l'avais choisi exclusivement dans le monde du théâtre, écartant de propos délibéré les critiques dramatiques qui sont gens de lettres et peu propres à porter un jugement, sinon après mûre réflexion dans le silence de leurs cabinets. Il fallait des gens du métier, prompts à saisir les intentions des candidats, et pour lesquels aucun jeu de scène ne fût perdu. J'avais réuni là tous les directeurs et les grandes vedettes dont s'enorgueillit le théâtre parisien. Le Tout-Paris était venu en foule assister à un spectacle d'une qualité aussi rare et, à mon grand regret, il fallut refuser du monde. La recette atteignit néanmoins un million deux cent cinquante mille francs que je mis dans ma poche sans en avoir l'air, comme on fait assez habituellement dans les fêtes de charité.

## Le Grand Prix de Comédie.

Il me fallut d'abord m'excuser de la défection de M. Painlevé qui devait paraître dans *les Nuées* d'Aristophane, et que l'on attendit en vain. Vers le milieu de la matinée, ma concierge m'apporta un télégramme ainsi libellé : « Dois-je continuer à attendre jury dans Arènes de Nîmes ? P.-P. Painlevé »; message qui mit le jury en si joyeuse humeur qu'il pensa un moment, et malgré son absence, à décerner le grand prix à l'illustre mathématicien.

Cependant, le concours commençait avec M. Gaston Hulin qui fut jugé charmant, quoique un peu lent, dans la comédie de Musset : *Il faut qu'une porte soit ouverte ou fermée*. M. Paul Faure, secrétaire du parti S.F.I.O. qui lui succéda, dans *l'Amour médecin*, fut vivement applaudi. Déjà, l'on se disposait à écouter M. François-Albert dans le rôle de Triboulet, et chacun ajustait ses lorgnettes, lorsque le premier incident se produisit. Le speaker, embouchant son porte-voix, annonçait sans la moindre arrière-pensée « le Roi s'amuse », et M. Léon Daudet, se dressant tout à coup au banc des concurrents, s'écria d'une voix forte :

– Pas vrai que le roi s'amuse! C'est une calomnie propagée par la Sûreté générale!

Il y eut un murmure d'étonnement parmi les spectateurs, et M. Pierre Laval dit avec bonhomie :

– Il est en vacances depuis un certain temps...

– Comme vous! répliqua vertement M. Daudet.

– Voyons, interrompit dans le jury la voix de Mlle Yvonne Printemps, laissez parler Triboulet. Ce malheureux fou n'en finira pas...

– Un fou ? s'étonna M. Paul Faure, mais pourquoi ne pas le faire enfermer ? C'est si simple...

Il se fit un silence gêné, et M. François-Albert en profita pour réciter son morceau. D'une façon générale, on jugea qu'il n'était pas de taille à interpréter un tel rôle, et M. Sacha Guitry lui fit entendre qu'il réussirait mieux dans l'opéra que dans la comédie, s'il voulait borner son ambition à jouer Obéron.

MM. Paul-Boncour et Louis Marin, le premier dans le rôle de Célimène, l'autre dans celui d'Alceste, se donnèrent la réplique avec un brio qui déchaîna l'enthousiasme. C'était un véritable régal que d'entendre M. Boncour soupirer en face de l'irascible Alceste :

*Puis-je empêcher les gens de me trouver aimable,*
*Et, lorsque pour me voir ils font de doux efforts,*
*Dois-je prendre un bâton pour les mettre dehors ?*

Il n'y avait alors personne, dans l'assemblée, qui n'en voulût à ce misanthrope mal léché qui interrogeait d'un air bourru :

*Voyons, voyons un peu par quel biais, de quel air,*
*Vous voulez soutenir un mensonge aussi clair...*

D'ores et déjà, il apparaissait que M. Paul-Boncour avait les meilleures chances de sortir vainqueur du concours. En effet, dans la même scène, MM. Léon Blum et Narcisse Renaudel se montrèrent beaucoup moins bons; le ton des répliques était d'une sécheresse déconcertante, presque pénible. Le jeu de M. Léon Blum ne laissait rien paraître de cette farouche, mais tendre passion, qui doit agiter le héros de Molière. Quant à M. Renaudel, Célimène un peu opulente, il semblait qu'il réservât toutes ses coquetteries pour d'autres occasions.

D'un point de vue purement artistique, la grande déception, qui fut aussi une surprise retentissante, nous vint de M. Édouard Daladier. Notre président du Conseil avait choisi de paraître dans le rôle de Trygée, le grand accoucheur de cette divinité aimable et craintive qui a nom « la Paix », comme la comédie d'Aristophane. L'on était arrivé à l'instant où Trygée, sous le regard de Mercure (en l'occasion M. Louis Serre, ministre du Commerce), s'efforce de haler la Paix, précipitée au fond d'un puits par le malheur des temps. M. Édouard Daladier, en bras de chemise, tirant sur la corde, et prenant, du pied, appui sur la margelle, récitait d'une voix essoufflée le texte d'Aristophane :

*Dira-t-on que je ne tire pas, que je ne suis pas suspendu à la corde, que je ne m'y mets pas tout entier, et que je n'y vais pas de tout mon possible ?*

Et Mercure, je veux dire M. Louis Serre, plaçait sa réplique :

– *Comment se fait-il donc que rien n'avance ?*

C'est alors que se produisit le coup de théâtre dont tout l'auditoire demeura un instant frappé de stupeur. M. Édouard Daladier-Trygée lâcha la corde, l'air rageur et désabusé, épongea son front moite, et riposta par ces paroles inattendues :

– Comment ça se fait ? Vous en avez de bonnes, vous ! Croyez-vous que ce soit là une besogne où l'on doive atteler un homme seul ? La vérité est qu'il faut être quatre, ni plus, ni moins !

Le grand mot était lâché. Avant de remettre son veston, M. Daladier jeta d'une voix ample, à l'intention du public :

– Quatre ! nous nous occuperons de la paix à quatre ! et vous allez voir comme ça va ronfler !

– Au fond du puits ! ajouta une voix ironique.

Cependant que le jury délibérait, la foule commentait l'attitude du président du Conseil.

– Ce Daladier, tout de même, on l'aurait cru plus costaud. Il a des bras en coton hydrophile...
– Bien sûr, grommelait M. Herriot, est-ce que je ne l'ai pas toujours dit?...

## La décision.

A l'unanimité, le choix se porta sur M. Paul-Boncour dont chacun avait apprécié la diction élégante, le jeu subtil et le noble port de tête. M. Fabre, le directeur de notre grand théâtre national, délirait d'enthousiasme et voulait engager sur l'heure le ministre des Affaires étrangères.

– Est-il au monde homme plus heureux que moi? disait-il. Dans le moment que je perds une grande Célimène, j'en retrouve une plus jeune encore et plus sémillante...

## Le Grand Prix de Tragédie.

Les compétiteurs étaient beaucoup plus nombreux encore que dans le précédent concours, mais je dois à la vérité de dire qu'ils furent nettement moins bons dans l'ensemble. Il nous fallut subir un très grand nombre de sénateurs qui semblaient s'être donné le mot pour choisir leurs textes dans *les Burgraves*. L'on espérait que M. Léon Daudet nous régalerait d'une vigoureuse tirade, et chacun devint attentif lorsqu'il commença de sa voix puissante, en pointant vers les ministres un index accusateur, l'apostrophe de Ruy Blas :

*Bon appétit, Messieurs...*

Malheureusement, il ne sut jamais aller plus loin que ce premier hémistiche, car il s'interrompit d'abord pour dire au public :
– Notez bien que ce machin-là est stupide, comme tout le

XIX^e siècle d'ailleurs, dont se réclament aujourd'hui le tas de gourdes et d'ahuris crapulards qui nous gouvernent pour notre malheur. Eurrière les feusils... non, c'est à se tordre de rigoler... N'importe, je reprends : « Bon appétit, Messieurs... » Mais à propos d'appétit, avez-vous déjà goûté d'une certaine poularde qu'on engraisse avec des graines de tournesol ? On l'accommode, dans les auberges de Provence, aux champignons et à la sciure de bois...

Il en donna la recette et, de digression en digression, entretint l'auditoire de la pourriture du régime actuel, d'une certaine localisation de la parole dont il fit grief à Broca, et de la prochaine guerre qu'il prévoit pour le début de l'automne. Disqualifié par le jury, il regagna son banc en déclarant simplement :

– Vive le Roi !

Après lui, parurent MM. Doriot et Cachin, vedettes du parti communiste, dans une scène célèbre du *Cid*. M. Cachin, don Diègue moustachu, lança à M. Doriot :

– *Rodrigue, as-tu du cœur ?*

– *Non, je n'ai que du foie !* répondit Rodrigue.

Cette détestable parodie d'un grand chef-d'œuvre classique était, de toute évidence, une manifestation révolutionnaire.

A ces deux hommes farouches succéda M. André Tardieu qui n'eut pas à se louer d'avoir préféré la tragédie à la comédie. Il y parut bien à la façon dont il tint le rôle du jeune Horace, quand, après avoir fait le simulacre de tuer sa sœur, il laissa fuser dans son fume-cigarette un joyeux éclat de rire qui fut jugé sévèrement tant par le public que par le jury.

Mais, lorsque le maire de Lyon pénétra dans l'arène, sous les voiles de Phèdre, il y eut tout de suite une rumeur d'admiration. Le costume lui seyait à ravir; notre Président faisait songer à ces reines orientales, un peu grasses, à l'œil humide et voluptueux, et dont la majesté nonchalante dissimule tout un océan de passions. Il avait bien l'attitude accablée, je dirais presque pesante, qu'il fallait à son personnage. Lorsque, tétant sa pipe et abaissant sur ses collègues un regard soupçonneux, il récitait le vers immortel :

*Tout m'afflige et me nuit et conspire à me nuire,*

il semblait à tous qu'il l'eût inventé lui-même dans l'instant, et je compris pour la première fois le mystère de la création théâtrale. Tout à coup, M. Herriot fit trois pas vers le banc où M. Daladier était assis entre ses collègues de la comédie. L'on n'osait plus respirer, comprenant qu'il allait se passer quelque chose de grand. Alors, M. Édouard-Phèdre plissa les paupières, coula du côté de M. Daladier un regard d'une poignante mélancolie, et soupira :

*Marianne, ma sœur, de quel amour blessée...*

Là, il marqua un temps d'arrêt, et reprit d'une voix dure, accusatrice, chargée d'un reproche formel :

*Vous mourûtes au bord où vous fûtes laissée.*

Un frisson parcourut l'assitance qui se dressa tout entière. L'art sublime de M. Herriot venait de découvrir à cette foule enivrée les desseins ténébreux de M. Daladier. Jailli de toutes les poitrines, un immense cri de réprobation se propagea dans l'amphithéâtre :
— Pas de dictature! Marianne vivra! La République ne doit pas mourir!
Il n'y avait plus de juges, plus de jury, mais rien que la grande voix populaire qui décernait, dans un élan généreux, le prix de la tragédie à M. Herriot souriant dans ses voiles, à la pensée qu'il venait de sauver la République encore un coup.

# Caïn

– Monsieur, ne souriez pas. Je suis né en 1902 et personne ne peut m'apprendre la vie... Garçon, fichez-moi le camp et si je vous prends à écouter à la porte, je vous brûle la cervelle... C'est bon, je continue mon récit :

– Mon frère déboucha d'un ravin sur la plate-forme où je l'attendais : « Nous sommes, me dit-il, sur un îlot qu'habitent seuls des tamarins et des couroucous resplendissants. Je n'ai rien vu qui fût comestible. » – Il fit volte-face vers la mer et tremblota un charleston excédé. Alors je lui donnai tout un long poignard entre les omoplates en éclatant, comme l'usage veut, d'un rire sardonique. Après quoi je tirai le cadavre par les pieds jusqu'au bord de la haute falaise. Ce n'était pas, à parler exactement, un cadavre, puisqu'en tombant dans le vide, il fit un grand cri : mais, par bonheur, la marée basse découvrait des roches pointues et, penché sur l'abîme, je pus m'assurer que mon frère n'était plus, à vingt mètres au-dessous de moi, qu'un petit tas de bouillie sanglante.

Je ne sais pas d'impression comparable à celle que procure l'assassinat de son frère jumeau... Monsieur, j'ignore si vous êtes en état de me bien comprendre, mais il faudrait, pour cela, que vous fussiez vous-même quelque peu fratricide ou, qu'à tout le moins vous eussiez égorgé votre meilleur ami et vous m'avez l'air d'un pauvre homme, avec ces yeux humides et ces bajoues molles, bien capable de reculer devant un crime. Vraiment c'est tant pis pour vous, car il n'est pas de mots pour rendre compte de cette allégeance merveilleuse qui suit la réalisation d'un long rêve de haine, de la haine qui s'est patiemment dissimulée sous les soins d'une tendre amitié. Je ressentais une ivresse légère et tout à la fois une inquiétude physique comme si m'eût été retranchée une partie de ma chair. Sur mon visage, des larmes coulèrent, d'une inexprimable douceur, larmes d'amour fraternel, cruel et délicat... Bien certainement, si j'avais un autre frère, je le tuerais, pour encore pleurer d'aussi douces larmes...

Pendant des heures je m'oubliai à savourer cette étrange volupté, jusqu'à ce que la faim me chassât au travers de mon île à la recherche de quelque provende. Une heure d'exploration me ramena à mon point de départ, affamé et dégoûté d'un domaine où la végétation n'offrait rien qui pût apaiser ma fringale. Je descendis alors sur la grève et j'eus la main assez heureuse pour ramasser des coquillages et de petits crabes que je dévorai crus.

Ce repas de carême expédié, je m'étendis au pied d'un cactus grandiflora pour m'essayer à dormir, mais l'état de surexcitation nerveuse où j'étais ne me le permit pas d'abord après avoir fait cette remarque hilarante que les crabes de mon médiocre dîner avaient problablement grignoté un lambeau de mon frère, je dus m'avouer qu'il était beaucoup moins drôle d'être naufragé en plein milieu de l'océan et échoué sur une île qu'habitaient seuls des tamarins et des couroucous resplendissants.

Pour atténuer l'amertume de cette réflexion, je fis l'essai de quelques affreux blasphèmes et, soulagé tout aussitôt, me préparai au sommeil. Le soleil venait d'entrer dans la mer et le bref crépuscule était extraordinairement silencieux, lorsqu'une voix humaine creva la paix du soir, très nette :

– Caïn, qu'as-tu fait de ton frère ?

J'adore la plaisanterie et celle-là me parut excellente par

son à-propos. Cependant ma joie fut de courte durée et fit place à une certaine anxiété. Je craignis que mon forfait n'ait été constaté par un ou plusieurs témoins, mais un coup d'œil circulaire sur l'île que je dominais et une courte méditation sur les circonstances de mon naufrage me convainquirent de mon absolue solitude.

La seule conclusion à tirer de cet événement s'imposait donc : un poste récepteur de radiophonie fonctionnait dans l'île. Ce fut avec cette reposante certitude que je m'endormis d'un calme sommeil jusqu'au matin. Une bande de tamarins, qui sont entre les plus malins des singes, m'éveilla en tiraillant mes vêtements et, comme je me levais pour les chasser, j'entendis la voix de la veille :

— Caïn, qu'as-tu fait de ton frère ?

Le répertoire n'est guère varié, mumurai-je en haussant les épaules, et, un peu agacé, je m'occupai immédiatement de chercher l'explication d'un mystère qui me déconcertait sur plus d'un point. Qui avait installé ce poste dans l'île ? Comment fonctionnait-il et pourquoi répétait-il cette unique phrase : « Caïn, qu'as-tu fait de ton frère ? » Je cherchai vainement la solution du problème et, pendant huit jours, je continuai d'entendre la même voix sans apercevoir ni antenne ni haut-parleur. Le Capitaine du navire qui me recueillit, au récit que je lui fis de mes recherches, me fit examiner par le médecin de bord, lequel, après avoir parlé d'acousmat et autres balivernes, donna l'ordre qu'on me gardât à vue pendant quelques jours à l'infirmerie. Et voilà, je ne saurai jamais, jamais; mais c'est curieux, dites ? Qu'en pensez-vous, gros homme ?

— Ce que j'en pense ? Vous voulez mon avis, Joël ? Eh bien, ce que vous avez entendu, c'était la voix de votre conscience...

— Comment ? la voix de... Ah ça, que voulez-vous dire avec « votre conscience »... Est-ce que ce serait une nouvelle espèce de haut-parleur...

Et le visage de Joël marquait une surprise candide.

## Et le monde continua

Les Temps étaient révolus. Les anges de lumière qui servent Dieu, les anges de la nuit qui servent l'Ennemi pressaient les âmes revêtues de chair vers la vallée de Josaphat où dominait la Croix de Jésus. Des confins des Enfers déferlaient d'immenses cohortes dans la lumière ardente du soleil qui avait suspendu sa course et les Hommes de la Terre, surpris par la trompette de l'archange, s'acheminaient, vivants et lourds encore de leur misère au lieu du jugement dernier.

Lorsque toutes les âmes furent assemblées au pied du Tribunal, le Père apparut sur un nuage de lumière et le Fils était à sa droite. Aussitôt les violes invisibles préludèrent aux chœurs des anges qui chantaient la gloire de Dieu dans le silence du monde agonisant. Et les âmes des damnés, et les âmes des hommes de la Terre, qui n'avaient jamais ouï la musique céleste, maudissaient ces hymnes à la règle et à l'unité en regrettant la douceur d'un chant d'oiseau dans les plaines où nulle moisson ne lèverait plus.

Au Tribunal suprême avaient pris place le Père et le Fils et le signe de la Croix était sur eux. Mais, tandis que s'affligeaient les âmes, le Prince des Ténèbres s'avança vers le trône radieux. Sous son front grave, refuge des désirs du monde, son regard n'avait pas de haine. Dieu le Père étendit la main et dit à Satan :

– Prince de la Nuit, le jour est venu que toute discorde est vaine entre nous, car nous n'avons plus rien à nous disputer. Je règne absolument sur le Ciel comme tu règnes absolument sur l'Enfer et il n'est plus de chemin entre nos deux royaumes puisque le monde est à sa fin. Que nos dernières paroles soient de paix et puisse ton règne être juste derrière les portes de l'Enfer à jamais fermées sur le néant.

Cependant, le Fils écoutait en silence et son visage, penché sur la foule des âmes, était triste comme au jour qu'il souffrit d'angoisse sur la montagne des Oliviers.

Satan, la tête haute, fixait Dieu dans son éblouissante majesté :

– Crois-tu donc, dit-il, que je me satisfasse de commander des immortels ? Et se peut-il que toi-même tu te complaises dans une perfection que nie ta volonté ? Jéhovah, tes œuvres seront marquées de la faiblesse qui t'obligea de composer avec moi au commencement des Temps, car tu ne sais pas la science des harmonies. Ta perfection est dans l'immuable et, pour la réaliser, il te faut détruire, car la diversité t'embarrasse et tes œuvres ne sauraient participer que d'une essence – la tienne. Ton paradis sera ce qu'il a été, la perfection dans une seule dimension, et, rivé à ton ennui, tu te souviendras du monde où tu courbais les destinées, où tu commandais, jaloux de ta toute-puissance. Es-tu donc las déjà de la félicité ? Quand tu mis l'homme sur la terre, rien ne le distinguait des animaux que la noblesse de son corps et tu m'appelas pour l'enseigner. Je lui appris la souffrance, l'amour et la mort; je lui appris la beauté. Pour prix de mes travaux, je ne demandais rien que soustraire des âmes à ta discipline et, âprement, tu me les disputais. Les louanges, les actions de grâce montaient vers toi et les hommes maudissaient mon nom. On t'appelait le Maître, le Seigneur. Moi, j'étais l'ange du mal. Et aujourd'hui, croyant t'accomplir, tu abdiques, en séparant nos deux royaumes tu t'avoues mon égal. Jéhovah, tu me hais comme je te méprise, mais nous ne pouvons construire l'un sans l'autre, car il n'est d'équilibre que par la lutte. C'est pourquoi je viens à toi et je te dis : continuons le monde!

Mais Dieu le Père, transporté d'une immense colère, s'écria « *Va-t'en!* » Sa voix était large comme le tonnerre, son front était fulgurant. Et Satan paraissait plus beau encore. Dans la vallée, troublées par les accents de la colère divine, les âmes craignaient.

Alors le Fils se leva et tendit ses mains trouées. A ses pieds, des gouttes de sang tachèrent la nuée blanche et il parla au Père :

– Seigneur, Seigneur, ne renvoie pas celui-là, il m'a fait mourir pour assurer ta gloire chez les hommes et, maintenant, lui seul peut empêcher que je meure une deuxième fois. Seigneur, je suis l'espoir des hommes, toute ma vie est dans les âmes en peine du Ciel, dans les âmes qui souffrent par les maléfices du Démon. Et tu te sépares de Satan, ô mon Dieu, tu anéantis le monde et moi je n'ai point de place au paradis où l'on n'espère plus. Voué à la mort définitive, je vais me résoudre en toi, rejoindre le néant, les œuvres que tu as reniées. Et je suis ton Fils, Seigneur! Tout à l'heure que ta justice aura prononcé sur la dernière âme où l'espoir aura frémi, n'aurai-je pas le droit, dans mon agonie, de te répéter : *Eloi, lamma sabachtani!* Seigneur, entre ta colère et moi il faut choisir : si tu aimes ton fils, ne repousse pas l'offre de Satan...

Vaincu, le Père courba son front irrité :

– Que les hommes de la Terre regagnent leurs cités et leurs labours. Le monde continue.

\*

Le Soleil rouge descendait à l'occident et, dans la vallée déserte où Dieu rêvait à des vengeances, grandissait l'ombre de la Croix.

# L'œil

Meunier gagnait sa vie paisible chez les Frères Bois et Cie, des pâtes dentifrices. Les Frères Bois étaient bons pour lui. Il travaillait dans un bureau encombré de dossiers, avec quatre collègues. L'un d'eux était Baumel. Il y avait deux dactylographes : Blanche Louis et une autre qui n'eut jamais d'importance avant sa majorité. Il arriva que Blanche Louis, après avoir promis sa main à Baumel, la promit à Meunier et les commandes continuèrent d'affluer chez les Frères Bois et Cie.

Un dimanche après-midi, Blanche Louis eut un peu de génie et Meunier sortit de chez elle assez troublé, car il lui manquait un peu de peau sur le nez et un œil. De trois balles de revolver égarées par une passion honnête, la première lui déchaussait le cristallin et l'autre éraflait des cartilages secondaires. Pour la troisième, elle était déjà un regret; elle s'en allait fracasser un sujet de pendule en plâtre colorié.

Il restait à Meunier un œil intact qui lui fut très utile pour se diriger dans le vestibule. Sa fiancée se tordait les bras et suppliait qu'il oubliât le passé. Meunier ne répondait pas, descendant l'escalier par deux ou trois marches à la fois. C'était un homme pondéré, il croyait que lorsqu'on a un trou dans la tête, il y a tout intérêt à le faire boucher. La concierge de sa fiancée le conduisit à un agent, l'agent le confia à un chauffeur en donnant l'adresse d'un hôpital. Meunier avait un tampon de mouchoirs sur sa blessure et geignait. Avant de s'évanouir, il dit à l'agent :

– Blanche Louis, au numéro 9, quatrième étage. C'est elle qui a tiré.

A l'hôpital, il fut bien soigné. Le médecin fouilla la plaie, nettoya l'orbite et, après le temps convenable, y mit un œil de verre de couleur agréable : le bleu en était plus profond qu'à l'œil épargné. Cet œil de verre avait l'inconvénient de n'être pas mobile. Parfois, Meunier pensait sans noblesse : alors il avait le regard oblique, mais d'un œil; l'autre restait fixe.

Sa guérison fut très longue, mais, à l'hôpital, les visites ne lui manquaient pas; de ses parents, des camarades de bureau et même d'amis qu'il n'avait jamais vus. En général, on s'accordait à dire qu'il avait eu de la chance, car au lieu d'être borgne, il aurait aussi bien pu être aveugle. Meunier en convenait, mais avec certaine réticence qu'il ne formulait pas. Pour la conduite de Blanche Louis, on la désignait comme il fallait : elle était d'une fille impure qui méritait les pires sévérités. Et chacun, en humant le parfum délétère des iniquités, concluait avec une volupté trouble :

– Elle mérite le bagne, mais vous verrez qu'elle sera acquittée parce qu'elle est pucelle.

Meunier hochait la tête et ne savait quoi répondre. Il avait un peu moins de méchanceté qu'il n'est habituel. D'autre part, il pensait qu'un œil est un œil.

Son camarade le plus attentif était Baumel, parce qu'ils s'asseyaient au même bureau depuis cinq ans, l'un face à l'autre. On disait de Baumel qu'il était un brave garçon, sur cela qu'il avait toujours des cravates fraîches et l'estime de ses patrons, les Frères Bois et Cie. Il avait une manie qui était de répéter à chaque instant :

– Moi, je suis un homme très entier.

Baumel n'expliquait pas s'il fallait l'entendre comme d'un cheval ou si le sens en allait d'une autre conception arithmétique des harmonies intimes, mais il s'appliquait à rejoindre cette proposition dans ses moindres jugements, dans ses moindres conseils.

Le premier samedi après le drame, la semaine était anglaise chez les Frères Bois, Baumel vint à l'hôpital. Ce fut un jour important dans la vie de Meunier.

– Ça ne peut pas se passer comme ça, dit Baumel après trois banalités. Voilà une fille qui aura éclaboussé les murs avec ton œil, qui t'aura mis à deux doigts de mourir et aura brisé ta carrière.

Meunier voulut dire quelque chose, sa tête boursouflée de pansements fit gauche et droite sur l'oreiller, mais Baumel était très entier.

– Je dis briser ta carrière, oui. Avec un œil, tu ne seras jamais chef de bureau. Je connais peut-être les Frères Bois, et je dirai même que je les approuve : un œil, c'est le bras droit d'un homme d'affaires.

Meunier fut très impressionné, son œil sain devint rêveur. Et Baumel :

– Tu obtiendras des dommages-intérêts, mais combien ? De quoi mettre un louis sur le grand prix tous les ans, si tu les obtiens. Ah ! elle t'a bien arrangé. Et dire qu'elle sera acquittée, parce qu'elle passera à travers, c'est sûr...

Ce jour-là, Baumel en avait assez dit pour que Meunier fît un peu de température. La semaine suivante, Baumel vint trois fois à l'hôpital. La première fois, il prononça :

– Mon pauvre vieux, je ne peux pas te dire comme tu me fais pitié. Ah ! voir un homme dans cet état-là. A ta place, je ne sais ce que je ferais. Je crois que je l'esquinterais. Je voudrais lui rendre ce qu'elle m'a fait, tiens, œil pour œil...

Il dit cela et d'autres choses. Et sa méchanceté était désintéressée, elle fumait vers le diable. A chacune de ses visites, il dénonçait la cruauté d'une jeune fille assez perverse, lâche, malfaisante, pour mutiler un homme doux et bon travailleur. Si bien que l'œil unique de Meunier finit par étinceler à chaque instant.

Un dimanche, Baumel eut de la surprise. Meunier était assis dans un fauteuil, la tête libre de bandages, des parents tout autour de lui. Ses pommettes étaient roses, c'était un peu de joie.

— Tu vois, dit-il, j'ai retrouvé mon œil.

La famille était dans une gravité attendrie. Elle tenait des parapluies. Autour des autres lits, il y avait aussi des parapluies tenus par des familles. Le plus souvent, la famille était une personne qui n'était pas riche et certains lits n'avaient pas de parapluie du tout; c'étaient des lits de pauvres, et ils auraient bien voulu avoir des parapluies, ces pauvres, au moins un, rien qu'un, pour ne pas s'en aller au cimetière comme des carnes. Il y avait, dans cette salle d'hôpital, cent personnes ou deux cents, et cela faisait un murmure léger, tendre, un murmure de rien du tout. On se confiait tout bas que le fourneau de la cuisine ne tirait pas bien et on regardait en biais si le voisin de lit n'avait pas surpris la confidence. Tous ces gens en visite étaient bons, pour une demi-heure. En entrant, ils avaient beaucoup de savoir-vivre tout d'un coup et leur bonne santé leur donnait de la honte. Il venait là des hommes rudes qui soufflaient le Pernod ou rangeaient une chique dans leur poche, et ils faisaient des sourires de vierge en regardant le mal qu'il y avait dans les lits.

— Tu vois, j'ai retrouvé mon œil.

Meunier essayait de mettre un peu de bonheur en équilibre. C'était difficile, il aurait fallu lui parler doucement, dire par exemple : « Ah! tu sais, on ne croirait jamais que c'est un œil de verre. » C'était à peu près une phrase comme celle-là que la famille attendait de Baumel. A plusieurs reprises, Meunier avait dit avec un peu de fièvre :

— Je me demande comment il va me trouver, hein?

Il disait cela parce que Baumel avait été fiancé à Blanche

Louis, c'était un peu comme si une femme allait prononcer. Et voilà, devant les bons parapluies, Baumel éclata d'un rire obscène où le diable était. Un rire qui ne finissait pas, dans cette salle de misère. Meunier était rouge de confusion.

– Ah! comme te voilà, hoqueta Baumel. Non, pardonne-moi, mais tu es si changé, si drôle.

Il suspendit son rire, fit quelques phrases et s'en alla. Dans le couloir, Dieu lui donna un premier avertissement. Comme il franchissait la porte, Baumel bouscula par mégarde un homme râblé qui le botta au verso.

L'heure des visites terminée, une infirmière vint vers Meunier et lui enleva son œil. La plaie était parfaitement cicatrisée, mais il avait encore de violents maux de tête et il fallait l'habituer doucement à porter son œil. La nuit suivante, il ne dormit pas et rêva tout éveillé qu'il arrachait des yeux avec une pince à sucre. Il se dit plusieurs fois que Blanche Louis l'avait privé du meilleur de vivre :

– Qu'est-ce que c'est qu'un œil? J'aime autant rien. Ce qui est bon va par deux.

Il eut horreur des nombres impairs, devint hargneux. Lorsqu'il jouait aux dames avec un convalescent, il prétendait, s'il avait cligné de l'œil, que l'adversaire en avait profité pour avancer un pion.

Un soir, il pinça la hanche d'une infirmière et attendit avec anxiété. L'infirmière fixa simplement un regard apitoyé sur son œil creux. Ce fut sa plus mauvaise nuit. Le lendemain, il dit au médecin :

– J'en ai assez, je veux mon œil. Il n'a rien à faire dans le tiroir de l'infirmière.

– C'est bon, vous lui donnerez son œil et vous le marquerez sortant pour samedi prochain.

Meunier connut alors des jours plus calmes. Un miroir à la main, il s'appliqua des heures entières à composer sa physionomie avec son œil de verre. Dans cette occupation, il fut surpris par un jeune homme élégant, décoré, au parler facile.

– Je suis l'avocat de Mlle Blanche Louis et chargé par ma cliente de vous présenter ses regrets amers du lamentable accident qui vous fit perdre un œil. Je l'eusse fait plus tôt, si je n'avais redouté une émotion qui vînt contrarier votre guérison. Laissez-moi d'ailleurs vous féliciter, car je vous vois comme si rien n'était de cet accident.

Meunier eut un sourire très aimable qui mit à l'aise l'avocat de Blanche Louis. Le maître plaida comme il eût fait devant les jurés, fit valoir que l'œil crevé n'était rien autre chose que le témoignage durable d'une passion vigoureuse. Il semblait bien que Meunier se rendît à ses arguments; l'entretien devenait cordial, le jeune avocat tenait dans sa main celle de Meunier et, avec une émotion décente, donnait un couplet élégiaque à la grâce des deux fiancés. Car il prononça le mot de fiancés et Meunier ne protesta point.

Baumel vint le lendemain après-midi et parla de Blanche Louis avec des reproches violents.

Le procès eut lieu la semaine suivante. Meunier fit une déposition généreuse, affirmant qu'il avait été victime d'un accident. Il était, dit-il, si bien assuré de l'innocence de sa fiancée que ses sentiments n'avaient pas varié. Il était prêt à épouser. Blanche Louis tendit les bras vers son fiancé et s'évanouit. Les jurés pleuraient, gagnés par la générosité de la victime à la grâce de l'imprudente jeune fille. Le duel entre l'avocat général et le défenseur fut, de l'avis unanime, un régal littéraire. On y disputa si le drame était cornélien ou racinien. M. l'avocat général tenait pour cornélien. Enfin, la cour prononça le verdict d'acquittement et tout le monde alla prendre un verre. Meunier et Blanche Louis sortirent bras dessus bras dessous. Dehors, Baumel les attendait avec une gerbe de fleurs qu'il remit à la fiancée en murmurant :

– Je suis bien heureux, c'est un beau jour pour moi.

Puis, tandis que Meunier se débattait entre les journalistes, il réussit à isoler la jeune fille.

– Blanche, vous ne craignez rien de Meunier? Je lui trouve un regard étrange avec cet œil de verre. Blanche, pourquoi avons-nous rompu nos fiançailles? Je suis inquiet. S'il est vrai que votre charité vous dévoue à Meunier, je veux rester dans votre amitié...

Et Dieu envoya un deuxième avertissement à Baumel sous des espèces automobiles. Un taxi, gêné dans sa manœuvre, lui corna dans le dos sans qu'il y prît garde. Le chauffeur, irrité, jeta le mot spécifiquement français qui désigne la plus internationale des choses. Baumel n'y prêta pas assez d'attention. A peine se retourna-t-il, tout en prononçant le nom de Blanche. Par hasard, mais providentiel, le chauffeur comprit « mange », descendit de son siège avec une grande colère et lui donna du pied au c...

Baumel n'entendit rien, pour ainsi dire, à peine le coup de gong qu'il prit pour un appel de klaxon; et une rage mauvaise acheva de pourrir son cœur. Par la suite, il se réjouit d'être méchant, de retrousser la jupe au scandale, et prit l'habitude de voir secrètement la fiancée de Meunier alors que les bans étaient publiés.

Rien n'arrive par hasard, quand la Providence veut bien. Les noces de Blanche Louis avec Meunier eurent un éclat extraordinaire. Devant le porche de l'église, deux autocars attendaient le cortège nuptial pour le conduire à Joinville-le-Pont où était dressée une table de trente-quatre couverts. Il y avait aussi les photographes des grands quotidiens qui voulaient illustrer d'un portrait « le touchant épilogue d'un drame passionnel ». Sous le porche de l'église, de grands éclairs de magnésium éblouirent les époux. Blanche ferma les paupières, mais Meunier jeta un regard de côté sur Baumel qui lui parlait dans l'instant.

Le lendemain, tous les journaux reproduisaient, à côté d'une mariée agréable, un buste cravaté de blanc dont un œil fixait le lecteur, et l'autre un article de fond sur les allumettes suédoises ou les destinées d'un empire asiatique. Ce fut Baumel qui, le premier, apporta aux époux une édition du matin, en se réclamant d'une bonne camaraderie pour forcer leur intimité. Blanche Meunier vit le portrait, rit et puis rougit d'être la femme de cet homme-là. Elle rit encore, les yeux dans les yeux de Baumel qu'elle se prit à regarder comme du matériel neuf. C'était une chose entendue, maintenant.

Meunier était un homme pondéré, qui avait beaucoup d'esprit de suite. Toute la journée, il songea à son œil. Il y songea même le lendemain et encore un très long temps, pendant quoi Blanche le trompa en compagnie de Baumel.

Puis Meunier acheta un revolver très simple et prit l'habitude de regarder sa femme en grinçant des dents, tandis qu'une flamme dansait dans son œil de verre. Comme elle était amoureuse, Blanche n'y fit pas attention.

Le dénouement est banal, mais il prouve Dieu.

Un soir, Meunier partit pour Marseille où il devait défendre les intérêts des Frères Bois et Cie et rentra deux heures après son départ. Dans la chambre à coucher, sa femme feuilletait un livre, debout, et le dos tourné à une fausse tapisserie qui masquait un placard. Elle ricana sous le nez de son mari. Meunier, à tout hasard, étreignait la crosse de son revolver; il ajusta sa femme en clignant de son œil indemne, ce qui revient à dire qu'il visait avec son œil de verre. La détonation fit bouger la fausse tapisserie. Baumel tomba sur le parquet en hurlant et en pleurant du sang, les deux yeux crevés.

Meunier grinçait des dents avec plaisir, il poussait des cris de vieillard allumé.

Puis il ôta son œil de verre, se pencha sur Baumel. Et il lui mit son œil de verre dans la main.

## Les frères Legendum

J'étais au Havre depuis deux années en qualité de secrétaire de M. Alfred Legendum. Ce grand savant, qui me payait trois cents francs par mois, avait dévoué sa vie à l'étude de la dégénérescence du supin dans les conjugaisons latines. A soixante-douze ans, il avait usé quarante-trois hypothèses, mais il disait qu'il était bien près d'arriver au but. C'est un maigre traitement que trois cents francs par mois, mais il est vrai de dire que le courrier n'était pas considérable.

M. Legendum n'avait que deux correspondants : une jeune cousine de Châteauroux à qui il répondait lui-même, et le percepteur.

Un matin, il arriva une lettre d'Amérique. Je l'ouvris et lus ce qui suit :

*Mon bien cher frère. Voilà quarante-sept ans que nous sommes séparés, et pour moi, il me semble qu'il y a tout un siècle. A bientôt donc. Ton frère affectueux. Jérôme.*

Je glissai la lettre dans le dossier du courrier en instance que je portai à mon maître.

– Monsieur Perronnet, me dit-il, j'ai reçu hier une lettre de ma petite cousine Zulma, de Châteauroux. Elle arrivera dimanche soir. Vous direz donc à Hortense qu'elle ait à préparer la chambre rose. Mais dites-moi un peu. Monsieur Perronnet, où en est votre travail de classement dans ma correspondance ? Est-il bien rationnel ?

– Oui, Monsieur. A ce propos, je voulais vous demander s'il convient d'ouvrir un nouveau dossier, car il vient d'arriver une lettre qui n'est pas de vos correspondants habituels.

Je lui tendis le courrier en instance, il en prit connaissance.

– Ah, ah... une lettre de mon jeune frère que je croyais décédé depuis quarante-sept ans. Je dis bien décédé, puisque j'ai hérité une somme importante qu'il avait consignée chez son notaire. Il est certain que Jérôme est fondé, dans une certaine mesure, à en exiger la restitution. Qu'en dites-vous ?

– Je crois en effet...

– N'est-ce pas ? Il est donc nécessaire de prendre dès aujourd'hui nos mesures de prudence. Et vous comprendrez que je sois obligé de réduire vos appointements. Comme j'avais l'intention de vous augmenter, je me contenterai de rogner cinquante francs sur vos appointements mensuels.

– Ah, Monsieur !

– Non, non, ne me remerciez pas. Vous avez mérité cette augmentation.

Le dimanche suivant, je me tenais dans ma chambre lorsque j'entendis un grand rire clair qui résonnait dans toute la maison. Je sortis sur le palier et, penché sur la rampe pour jeter un coup d'œil au vestibule, je lâchai le savon à barbe que je tenais à la main. Lâcher son savon à barbe est un des effets les plus ordinaires du coup de foudre. Autant vaut le dire d'abord, Zulma, la petite cousine de Châteauroux, était parfaitement belle. Depuis le palier du premier étage, je n'en avais encore qu'une vue cavalière, mais un quart d'heure plus tard, je pus admirer la fraîcheur de son teint, le velouté de ses grands yeux auxquels un léger strabisme donnait je ne sais quelle complicité langoureuse et trouble. Ses cheveux rares, mais bien tirés, faisaient mieux paraître le dessin du nez un peu fort, la ligne fière de son menton qui était comme doublé par un pli sensuel à la naissance du cou. Un maintien modeste faisait valoir la souplesse de sa démarche qu'une claudication à peine apparente rendait plus gracieuse encore.

– Zulma, prononça M. Legendum, je vous présente M. Perronnet, mon employé.

– Monsieur, protestai-je, je ne suis pas votre employé, mais votre secrétaire. Il y a de la différence. Pour moi qui me nourris surtout de nuances et de dignité, elle m'est plus sensible que je ne peux dire, et tout l'or du monde ne fera jamais que je devienne votre employé.

Zulma m'écoutait avec une attention grave qui faisait pendre sa lèvre charnue tout humide d'une adorable rosée. M. Legendum vit bien qu'elle n'approuvait pas sa manière, il en fut irrité.

– Monsieur Perronnet, dit-il, je vous signifie d'avoir à chercher un autre emploi. Puisque Zulma demeure chez moi une année entière, elle s'acquittera fort bien de vos fonctions.

Zulma protesta qu'il n'y fallait pas compter. Elle parlait avec une chaleur, une sensibilité, dont M. Legendum se trouva ébranlé.

– Soit, me dit-il, restez à mon service. Mais puisque je vous garde contre ma volonté, je supprime votre augmentation. A compter d'aujourd'hui, je vous paie deux cents francs par mois.

Les amoureux vivent très bien de petits pains et de chocolat. Je pris l'habitude de déposer chaque matin une gerbe de fleurs à la porte de Zulma. J'accompagnais mon présent d'une devise agréable et presque toujours en vers. Zulma ne témoignait jamais par un sous-entendu aimable qu'elle en eût du plaisir. Un beau matin, passant auprès de sa chambre, j'eus la surprise de voir M. Alfred Legendum qui se poussait dans l'entrebâillement de la porte avec ma gerbe de roses dans les bras.

– Ma chère enfant, disait-il, je me suis pressé d'aller chercher ces quelques roses pour accueillir votre réveil, mais les voilà qui pâlissent déjà d'avoir contemplé les roses de votre jeunesse...

Le lendemain, je crus devoir remettre mes fleurs entre les mains de Zulma, et quelques minutes plus tard, M. Legendum m'appela dans son cabinet.

– Je vous mets à la porte, me dit-il sans préambule.

– Monsieur, dis-je, et j'avais envie de l'égorger avec mon porte-plume, Monsieur, vous savez combien je suis attaché à vos travaux, mais si j'ai manqué à remplir en conscience mes fonctions de secrétaire, que votre volonté soit faite. Je quitterai la maison en appelant la bénédiction du ciel sur votre dernière hypothèse. Considérez pourtant que je suis prêt à réparer mon erreur et que, s'il vous plaît de revenir sur votre décision, tout rentrera dans l'ordre dès demain matin.

– Monsieur Perronnet, je crains qu'il n'y ait plus entre nous cette bonne entente des années passées, et si je vous reprends, ce ne peut être qu'en diminuant vos appointements de moitié. Pour un jeune homme de bonne conduite, et un tant soit peu philosophe, cent francs sont encore une somme raisonnable.

A la fin du mois de novembre, il arriva une deuxième lettre du frère de M. Legendum. Il annonçait son arrivée au Havre pour les premiers jours de décembre.

– La menace se précise, dit mon maître. C'est pourquoi vous trouverez bon que je diminue vos appointements de soixante-quinze francs par mois. En face du danger, il importe que nous serrions les coudes.

Je tombai bientôt à un état d'extrême dénuement. Je ne déposais plus à la porte de Zulma que des bouquets de violettes de dix sous, et M. Legendum en était de mauvaise humeur.

Un matin, je me mis au travail avec ardeur, et après dix minutes, j'achevais le travail de classement pour lequel je m'étais proposé un délai de six mois. Alors, je pus songer au suicide à tête reposée.

Comme le temps était clair, décembre tout riant de soleil, rien ne me parut plus joli que de me précipiter dans la mer du haut d'une falaise abrupte. Ma décision prise, je mis sous enveloppe un sonnet gracieux et mélancolique dédié à Zulma, et dont le dernier tercet chante encore dans ma mémoire :

> *Mais la mort, en chaussant les galoches d'ébène*
> *Sourit sous les arceaux du passage à niveau*
> *Et vers l'amont ligneux souffle sa froide haleine.*

J'écrivis également au commissaire de police une lettre anonyme qui accusait M. Legendum d'avoir lâchement assassiné son secrétaire, et précipité son cadavre du haut de la Roche-Bossue. Vers neuf heures et demie, je quittais la maison par une porte dérobée et gagnais la campagne.

\*

Il soufflait du sud une brise molle, un brouillard léger me dérobait le sommet de la Roche-Bossue. Parvenu au terme de mon ascension, je ne pus réprimer un mouvement de contrariété. Penché sur la mer qu'il surplombait de haut, un vieux monsieur regardait l'abîme avec un monocle. Je pris la liberté de lui dire que je mettais à profit cette belle journée de décembre pour venir me suicider. Le vieillard toucha son chapeau, et sans se laisser distraire de sa contemplation, répondit poliment :

– Que ma présence ne vous gêne pas, Monsieur. Je ne serai pas si indiscret que de vous regarder.

Ces paroles me mirent à l'aise, et je reculai de quelques pas pour mieux sauter. Alors, le vieillard tira de sa poche une liasse importante de billets de mille francs. Il en prit un, l'éleva au-dessus de sa tête, et le lâcha dans le vide. Soulevé d'abord par la brise, le billet retomba mollement vers la mer. L'homme au monocle eut un geste de dépit, saisit un autre billet qui se comporta comme le premier. Ainsi d'un troisième, d'un quatrième, d'un cinquième. Je différai mon suicide de quelques minutes pour demander à ce nabab le but de ses coûteuses expériences. Le vieillard retira son monocle, en essuya la buée avec un billet de mille francs qu'il jeta dans la mer, et répondit aimablement :

– Je cherche d'où vient le vent.

– Il souffle du sud-ouest, Monsieur, mais il tournera dans la nuit. Regardez plutôt le disque du soleil et ses reflets rouge alliacé. Il est au ciel comme une bassine à confitures.

– Merci, jeune homme, et pardonnez-moi d'avoir retardé votre suicide. Je vous laisse la place.

Ayant soulevé son chapeau, il s'éloigna d'un pas vif vers la descente. Je courus après lui.

– Monsieur, je vous ai donné la direction du vent, payez-moi mes honoraires. C'est mille francs.

Le vieillard assura son monocle et me considéra des pieds à la tête avec beaucoup de mépris.

– Jeune homme, vos prix sont ridiculement exorbitants. Je veux bien que vous ayez pour moi prolongé de quelques minutes votre séjour dans cette vallée de larmes, mais enfin je n'ai pas sollicité vos avis, et je crois être généreux en vous payant dix francs une consultation aussi brève.

– Soit, je veux bien vous consentir cette diminution. Mais avez-vous réfléchi que vous êtes un vieil homme, que nous sommes sans témoins, et que votre poche à revolver n'est pas d'un accès si facile...

– C'est vrai, je n'y avais pas pensé. Je n'ai rien à dire là contre.

Le vieillard me remit son portefeuille, sa montre, et une poignée de billets de banque. Je ne voulus retenir que les billets dont la somme faisait quatre-vingt mille francs, et j'exigeai, par contre, qu'il me cédât son revolver. Il obéit de bonne grâce et fut assez aimable de m'avertir que l'arme était chargée.

– Je vous dis cela pour le cas où ce genre de suicide vous tenterait.

– Précisément, je suis en train de réfléchir que ma mort serait prématurée. Je suis jeune, j'aime une jeune fille exquise et j'ai des raisons de croire qu'elle n'est pas insensible à mon amour. En vérité, je ne comprends plus du tout sur quoi j'ai pu fonder ma triste résolution. Où diable avais-je la tête ce matin?

Cependant, nous faisions route ensemble vers la ville en échangeant nos impressions sur le paysage.

– Puisque j'y pense, dit tout à coup mon compagnon, donnez-moi donc l'adresse du commissaire de police. J'ai l'intention de porter plainte contre vous, et je ne voudrais pas faire traîner les choses.

– C'est ennuyeux. Vous auriez dû parler plus tôt, je vous aurais assassiné sur la Roche-Bossue. Dans ce chemin creux, je vais avoir toutes les peines du monde à dissimuler votre cadavre.

Le vieillard eut un geste désolé et s'excusa des difficultés où sa négligence m'engageait. Je lui protestai que je saurais m'accommoder de la situation, qu'il n'eût pas à s'en tourmenter et, serrant la crosse de mon revolver, je lui demandai s'il ne voulait pas, avant de mourir, me charger de quelque commission dans la ville ou ailleurs.

– Justement, dit-il, je vous demanderai de passer au n° 3 de la rue Tournebrique et d'informer M. Alfred Legendum que vous avez assassiné son frère Jérôme. Il comprendra pourquoi je ne peux pas lui faire la visite que j'annonçais dans ma dernière lettre.

– Mille regrets, dis-je en remettant le revolver dans ma poche, mais je ne puis vous assassiner. Je connais votre frère.

– Vous n'avez pas de chance, compatit M. Jérôme. Vous craignez les émotions violentes pour mon frère et sans doute l'aimez-vous beaucoup.

– Pas du tout. Votre frère est un vieux coquin, maniaque et sans entrailles. Par contre, je suis amoureux d'une adorable jeune fille qui habite sous son toit. Elle est d'ailleurs votre petite cousine.

– Est-elle si jolie?

– Ah, Monsieur! la rose à son matin, quand la rosée l'emperle, ne possède ni l'éclat, ni la fraîcheur, ni la grâce de Zulma. Les senteurs du lys, de l'œillet, du benjoin, de la tomate et du chrysanthème se composent sur sa lèvre purpurine. Sa parole, Monsieur, est une onde argentine. Et pour peu qu'elle se mît à latiniser, je crois qu'elle donnerait de la grâce au supin le plus sec.

– Allons, tant mieux, dit M. Jérôme. Peut-être ira-t-elle vous voir en prison...

– Non, Monsieur, je n'irai pas en prison, car je vous rends vos quatre-vingt mille francs. Tout ceci n'était qu'une plaisanterie et vous l'aurez déjà compris. Pour moi, je retourne à la Roche-Bossue mettre fin à mon existence.

M. Jérôme compta les billets de banque, alluma son cigare avec l'un d'eux, et me souhaita bonne chance. Je retournai sur mes pas et j'avais déjà marché cent mètres, lorsque le vieillard poussa un cri d'appel. Je le laissai courir la distance qui nous séparait; il me dit en comprimant les battements de son cœur :

– Jeune homme, j'avais oublié que je vous devais dix francs pour votre consultation.

Il fouilla toutes ses poches, sortit un billet de cinq francs, quatre pièces de un franc et une de dix sous.

– Vous voyez, me dit-il, je n'ai pas assez de monnaie. Mais si vous voulez bien me consentir un rabais de cinquante centimes, nos comptes se trouveront en règle.

– Impossible, Monsieur, je vous ai déjà accordé une diminution de 990 francs. Je ne puis faire davantage.

Le vieillard se tordait les mains avec désespoir, disant qu'il ne pourrait pas supporter de rester mon débiteur. Il me supplia de l'accompagner jusqu'à la ville où il ferait de la monnaie. Il sanglotait qu'il était un honnête homme, qu'il n'avait jamais fait tort d'un sou à personne.

– N'importe, je prétends mourir avant la chute du soir, et dans ma tombe amère emporter la splendeur d'un couchant barbare à l'Occident molletonné des sueurs de la terre.

– Ah, jeune homme, soupira le vieillard, je pouvais faire votre fortune... j'ai un coffre à la banque...

– Je ne veux que mourir.

– Jeune homme, je pouvais servir votre passion. Un complet neuf, une chaîne de montre en or massif et une canne à pomme d'ivoire valent aux yeux des femmes bien des madrigaux...

Pour le coup, j'étais troublé. M. Jérôme se fit plus pressant, et comme il prononçait le nom de Zulma, je me rendis à sa discrétion. Au premier bureau de tabac, il me tendit un billet de mille francs et me pria d'aller lui faire de la monnaie.

– Monsieur, m'écriai-je en sortant du débit, votre coupure est fausse.

– C'est bien possible, je vais vous en donner une autre.

D'une poche secrète qui avait échappé à mes investigations, il tira un petit portefeuille et me donna un billet de cent francs. Lorsqu'il eut acquitté sa dette de cinquante centimes, il me demanda si je me rendais auprès de Zulma.

– Non, pas tout de suite, dis-je. Il me faut d'abord passer au commissariat de police et dénoncer dans les formes à M. le commissaire le faux-monnayeur que vous êtes. Canaille! ah, je vous reconnais bien pour le frère de M. Legendum. Ah! vous fabriquez de la fausse monnaie.

Avisant deux sergents de ville, je leur dénonçai le faux-monnayeur. Il fut appréhendé et l'un des agents lui prédit qu'il finirait aux travaux forcés à perpétuité, comme il est écrit.

Comme nous arrivions au commissariat de police, j'eus la surprise de voir entrer devant nous M. Alfred Legendum, mon maître, encadré par deux agents. Je l'entendis protester d'une voix furieuse.

– Je suis un savant respectable! Vous n'avez pas le droit...

Pour ne pas compromettre une erreur judiciaire qui me donnait satisfaction, je changeai de physionomie et pris un air de niaiserie qui me rendait méconnaissable.

Le commissaire de police sortit de son cabinet comme les deux coupables venaient d'entrer dans la salle d'attente.

– C'est vous, dit-il, qui êtes M. Legendum?

– Oui, répondit mon maître, c'est moi qui suis M. Legendum.

– Je vous demande pardon, s'entremit M. Jérôme, mais c'est moi qui suis M. Legendum.

– Fouillez-moi ces deux gaillards-là, ordonna le commissaire.

Les agents s'empressèrent aux poches des criminels, et recueillirent papiers, montres et portefeuilles. Le commissaire en fit deux tas, préleva une carte de visite sur chacun d'eux, et appela :

– M. Alfred Legendum, savant... M. Jérôme Legendum, milliardaire.

Trompant la vigilance de leurs gardiens, Alfred et Jérôme se jetèrent dans les bras l'un de l'autre.

– Mon frère, je te retrouve après quarante-sept ans de séparation!

Tout le monde pleurait. Les agents n'en finissaient pas de se moucher. Le milliardaire dit au savant :

– Tu n'as presque pas changé, Alfred, je t'assure. A propos, tu me dois onze mille francs que tu as hérités à tort, puisque je suis vivant.

– Jamais de la vie, rugit le savant. J'ai la loi pour moi, et je le ferai bien voir.

– Soit, nous plaiderons. Je n'entends pas me laisser gruger par mon frère aîné.

– Ah! tu n'as pas changé non plus, disait mon maître. Mais je ne te reconnais pas pour mon frère.

Et s'adressant au commissaire :

– Cet individu n'est pas Jérôme Legendum. En effet, mon frère est mort depuis plus de quarante ans, et l'état civil a enregistré son décès.

– Ah, ah! dit le commissaire au milliardaire, vous fabriquez aussi de faux états civils?

– Monsieur le commissaire, j'ignorais que mon décès eût été enregistré officiellement.

– Il est mort, cria le savant, ne l'écoutez pas!

– Jolie famille, raillait le commissaire : un mort qui fabrique de la fausse monnaie, et un savant qui assassine son pauvre garçon de secrétaire.

A ces derniers mots, je ne fus pas maître de retenir mes larmes. Mais M. Alfred Legendum le prit de haut :

– Commissaire, je vous trouve bien mal élevé d'oser pareille accusation. Sachez que le nom de Legendum est honoré dans le monde de la pensée. On connaît mes travaux sur la dégénérescence du supin dans les conjugaisons latines!

– En tout cas, le cadavre de ce malheureux jeune homme vient d'être découvert sur le rivage...

Je me tenais dans l'ombre pour ne pas attirer sur moi l'attention de mon maître, mais il avait oublié ses lunettes, et la colère achevait de l'aveugler.

– Tant mieux, déclara-t-il, ce jeune voyou me coûtait les yeux de la tête et osait faire la cour à ma petite cousine Zulma Legendum!

– Monsieur Legendum, il semble bien que la jalousie soit le mobile du crime... Passez donc dans mon cabinet.

En quittant le commissariat, ma première pensée fut d'aller rejoindre Zulma. Mais j'avais à cœur de laisser condamner mon maître et la moindre imprudence de ma part pouvait lui ouvrir la porte de sa prison. La nuit était tombée. Je m'approchai de la maison sans être vu, le rez-de-chaussée était éclairé. Dans le bureau de M. Legendum, je pus apercevoir ma tendre Zulma assise dans un fauteuil. Sans doute la nouvelle de ma mort lui était-elle déjà parvenue, car son visage était légèrement congestionné, comme par une peine insupportable. Un ami de la maison était là, qui lui passait un bras autour du cou et je pense qu'il lui parlait du cher disparu, car un sourire ému éclaira le visage de Zulma.

J'emportai cette radieuse vision en Amérique où je m'en allai le soir même chercher une place de groom, comme on fait quand on veut devenir milliardaire. Mais telle était mon impatience de serrer Zulma sur ma poitrine que je revins au bout de six mois sans avoir attendu de réaliser une fortune colossale.

En débarquant au Havre, je courus chez M. Legendum. Zulma était occupée de raccommoder une paire de chaussettes. Je l'étreignis avec une chaleur dont elle parut gênée.

— Pour un mort, dit-elle, vous avez de drôles de manières.

Saisi d'un horrible pressentiment, je m'écriai aussitôt :

— Zulma! pour qui sont ces chaussettes?

— Pour mon mari...

— Enfer et damnation, je vous aimais!

— Vous me dites ça maintenant, il est trop tard. Et puis, quand même, vous n'aviez pas une assez belle position. Vous comprenez, moi, je suis dans mes meubles. Mon cousin Alfred Legendum m'a légué tout ce qu'il possédait. Ce pauvre cousin, tout de même...

— C'est vrai qu'il a été condamné...

— Oh! ces Messieurs du jury n'ont pas fait de difficulté. On l'a justement guillotiné hier matin.

— Et son frère?

— Acquitté! Pensez qu'en Amérique, il est le roi de la fausse monnaie. Mais si vous voulez le voir, vous n'avez qu'à monter, je lui ai loué la chambre que vous occupiez au premier étage.

– Adieu, Zulma! mon cœur est meurtri, mais l'avenir réserve bien des mystères.

Au premier étage, je trouvai M. Legendum junior en train d'étudier un projet d'émission de fausse monnaie bulgare. Je le traitai de voleur et lui réclamai des dommages-intérêts pour avoir manqué à la promesse qu'il m'avait faite de me pousser par tous les moyens dans les bonnes grâces de Zulma.

– Tous mes espoirs sont anéantis, mais nous plaiderons, Monsieur.

– Impossible, jeune homme, vous savez bien que nous sommes morts tous les deux. Mais comme je suis loyal en affaires, je vous propose la situation d'inspecteur de ma fausse monnaie pour l'Amérique du Nord. Il y a aujourd'hui tant de contrefaçons qu'il me faut songer à créer ce nouveau service.

Je signai sur-le-champ un contrat, et six mois plus tard, j'entrais dans une grande prison américaine pour y purger une peine de vingt années de réclusion. Lorsque j'en sortirai, dans dix-sept ans et trois mois, je compte bien que Zulma sera veuve.

## Bergère

Le fils du roi vint à passer.

– Bonjour, bergère, vous êtes bien belle, dit-il. Comment vous appelle-t-on ?

– Mariette, monsieur. Je garde les bêtes de mon père. Il a seize vaches, une paire de bœufs et une jument noire avec une petite tache blanche sur le front. On n'est pas à plaindre. Et vous ?

– Je suis le prince Adrien. C'est moi qui régnerai à la mort de papa.

La bergère rougit et devint encore plus belle. Adrien rougit aussi et ajouta en montrant l'automobile de luxe arrêtée cent mètres plus loin :

– J'ai laissé le roi dans la voiture et je suis descendu dans la prairie pour me dégourdir les jambes. Je ne m'attendais guère à y rencontrer une bergère aussi jolie et avec des yeux bleus de paradis.

Il lui dit encore d'autres choses qui lui venaient au cœur. Mariette l'écoutait toute ravie et trouvait qu'il était bien gracieux, dans son petit costume de sport. Cependant le roi s'impatientait. Il passa la tête par la portière et cria à son fils :

– Adrien ! il est tard ! on s'en va !

Mais Adrien ne l'entendait pas. Il regardait la bergère et penchait la tête sur l'épaule, tantôt d'un côté, tantôt de l'autre. Et Mariette soupirait de toute sa poitrine à la fois, si bien qu'il finit par lui jurer un amour éternel. Dans cet instant-là survint le père de la belle. Il avait observé le manège d'une fenêtre de la ferme et il était accouru dans ses gros sabots.

– Qu'est-ce que c'est? dit-il d'une voix rogue.

Adrien comprit aussitôt à qui il avait affaire, un peu étonné tout de même à l'idée que ce paysan tanné, à la lèvre dure et à l'œil méfiant, avait pu engendrer la jolie bergère.

– Je suis le prince héritier et j'allais justement vous demander la main de votre fille.

Le père se radoucit aussitôt.

– Vous ne pouviez guère mieux choisir. Ce n'est pas pour me vanter, mais Mariette est un joli brin. Et encore, vous la voyez là en tous les jours, mais il faut voir comme elle porte la toilette. Et c'est la créature sérieuse, et aimante aussi, moi je vous le dis...

– Je l'avais bien vu, murmura le prince avec ivresse.

– Vous ferez un ménage heureux, affirma le père et il renifla d'une douce émotion.

Adrien prit entre les siennes les mains de la bergère et les pressa tendrement. Ce fut alors qu'arriva le roi, lassé d'attendre son fils et inquiet d'une absence aussi prolongée. L'attitude du prince lui donna déjà à penser.

– Eh bien? demanda-t-il.

Mariette fit une révérence et son père expliqua en ôtant sa casquette :

– Sire, c'est votre jeune homme qui a envie d'épouser la petite, et moi qui la connais, je vois bien qu'elle a un sentiment pour lui. Dans ces conditions, n'est-ce pas...

Le roi fut très mécontent, mais il était trop bien élevé pour en laisser rien voir. Il fit compliment au fermier sur la grâce et la modestie de la jeune fille, puis il lui remontra que le métier de reine ne s'apprend pas et qu'il faut être enfant de la balle, ajoutant que le bonheur se trouve plus sûrement au fond des chaumières que dans les palais des rois. C'était très bien tourné et d'une façon à n'offenser personne. Le paysan n'y trouva rien à redire. La pauvre bergère se mit à pleurer et le roi, saisissant Adrien par le bras, l'entraîna d'un bon pas vers l'automobile. Le prince, élevé dans le respect et l'obéissance des volontés paternelles, ne songea pas à résister, mais il était très malheureux.

– Je te demande un peu à quoi ça ressemble, dit le roi lorsque la voiture eut démarré. Sauter au cou de la première venue et lui promettre le mariage! Si tu n'étais pas majeur depuis l'année passée, je te garantis que je t'aurais tiré les oreilles d'importance...

– Je sens bien que je ne pourrai plus vivre sans elle, gémit le prince.

– Ne dis donc pas de bêtises, Adrien. As-tu seulement songé une minute au scandale d'une fille d'étable montant sur le trône de tes aïeux?

– Pardonnez-moi, mais elle y ferait meilleure figure que cette princesse borgne à laquelle vous avez pensé pour en faire ma femme.

– Petit malheureux! la fille de mon cousin le roi Olivier! la plus riche héritière...

– Ah! toutes ses richesses ne valent pas, pour moi, les yeux bleus de ma bergère...

A ces mots, le roi se fâcha et jura que s'il lui reparlait jamais de cette fille, il le chasserait de la Cour et le renierait.

– C'est bon, soupira le prince, n'en parlons plus.

De retour au palais royal, il entra en mal de langueur. Les grands médecins du royaume furent d'avis qu'il fallait le marier au plus tôt, disant que si ce n'est pas là le moyen d'être sûrement heureux, c'est toujours une distraction. Le prince, il fallait s'y attendre, ne voulut pas de la princesse borgne. On lui en présenta d'autres, et des duchesses, des marquises, des comtesses, des baronnes, et des simplement *de* quelque chose, sans couronne ni tortil. Mais aucune n'était à son goût. Alors, on descendit à la noblesse du pape, puis à la roture de l'industrie lourde, et le prince n'en fut pas plus ému. Jugeant qu'il était allé à la limite des concessions, le roi lui dit avec mauvaise humeur :

– Vraiment, je me demande ce qu'il te faut!

– Celle que j'aime, tout simplement... ma bergère aux yeux bleus.

Le roi entra dans une colère terrible. Il dit à son fils qu'il le chassait de la Cour et le reniait à jamais. Il lui dit aussi : « Anathème sur toi! » comme cela se fait encore dans quelques grandes familles. Même, il lui reprit la montre en or qu'il lui avait donnée pour sa première communion, en sorte qu'Adrien se trouva à la rue sans ressources.

Le malheureux prince n'hésita pas un moment. Il quitta la capitale et, cheminant à longueur de journée, mendiant son pain et son logis dans les villages il arriva un soir à la maison de sa bergère et heurta à la porte.

Mariette, son père et plusieurs personnes qui dînaient à leur table se bousculèrent pour lui ouvrir. Le voyant poussiéreux et les vêtements en loques, ils furent saisis d'étonnement.

– Je vais vous expliquer, dit Adrien, mais je suis bien fatigué.

On le fit asseoir à table et il se mit à raconter ses malheurs, comment, après avoir été renié par son père, il se trouvait n'être plus qu'un pauvre homme, sans autre richesse que son amour.

– Enfin, toutes ces misères ne sont rien, puisque je retrouve Mariette, conclut-il en regardant tendrement sa bergère.

– C'est bien joli, dit le père, mais qu'est-ce que vous comptez faire?

– Eh bien, mais je compte épouser votre fille.

– Et comment la nourrirez-vous? Nous ne sommes pas riches et vous voilà sans un sou.

– Je ne sais pas... Je vous aiderai, je travaillerai aux champs avec vous.

– Vous ne connaissez rien à la besogne, fit observer le paysan.

– J'apprendrai...

– C'est vous qui le dites, mais pour travailler la terre, il faut être né paysan. Et puis, sans vous offenser, jeune homme, vous me paraissez bien mince.

Le bonhomme montra un garçon râblé assis à la table à côté de Mariette. C'était un voisin qui courtisait la jeune fille. Il avait l'âge du prince, mais un torse de lutteur.

– Regardez ce que c'est qu'un paysan et dites-moi si vous en avez l'étoffe.

Cependant, Mariette regardait Adrien avec plus de liberté qu'elle n'avait osé le faire lors de leur première rencontre. De le voir ainsi mal vêtu la mettait à l'aise. Elle trouva qu'il avait le nez un peu long et le menton en galoche. Avec ça, des épaules de rien du tout et un petit air grelotteux qui n'invitait guère à l'amour. De temps à autre, elle jetait un coup d'œil sur le costaud qui se trouvait à son côté et la comparaison n'était pas à l'avantage du prince.

– Alors, jeune homme, qu'en pensez-vous? demanda le vieux.

– Je ne sais plus, balbutia Adrien. Je voudrais savoir ce qu'en pense Mariette.

Mariette baissa la tête sans répondre et, au bout d'un moment, se serra contre le jeune fermier qui lui faisait du pied sous la table. Le prince quitta aussitôt la maison, en songeant que le monde ne gagne rien à être renversé et que, à le prendre par n'importe quel bout, c'est une triste chose. Les uns disent qu'il alla se jeter à l'eau, les autres qu'il obtint le pardon du roi son père et qu'il vécut très heureux avec la princesse borgne.

## Le train des épouses

Depuis que les femmes ont entrepris de conquérir les places de leurs époux dans tous les domaines de l'activité masculine, l'on s'interroge avec autant d'angoisse que de curiosité sur le sort de ces hommes qui ont abdiqué leurs rôles de chef dans le ménage. J'ai eu la bonne fortune de surprendre un aspect de ce bouleversement, dans les circonstances particulières que je vais dire :

Il existe en Normandie une petite plage du nom de Flammenville, aujourd'hui peu connue du grand public, mais qui ne tardera guère d'être à la mode. Ils sont là une centaine d'hommes, tous Parisiens, qui ayant abandonné la culotte symbolique à leurs femmes, se sont groupés en colonie pour passer leurs vacances en caleçon de bain. L'on comprend assez les raisons qui les ont décidés; ils se trouvent ainsi à l'abri de certains préjugés qui demeurent vivaces, même sur les plages à la mode; et ils sont assurés que dans ce modeste village, nul ne leur fera grief de se rôtir le dos au soleil pendant que leurs épouses mènent à Paris une existence laborieuse. Je fus à Flammenville un samedi matin vers dix heures, et après avoir revêtu un maillot de bain, je me rendis aussitôt sur la plage qui est de joli sable fin. Flânant, pêchant le crabe et la crevette, nageant ou devisant par groupes, ces hommes condamnés dans leurs ménages à un rôle mineur ne paraissaient pas souffrir de leur démission.

Pour dire toute la vérité, ces victimes du féminisme sont d'heureuses victimes, et leur sort est bien fait pour exciter l'envie. Il n'y a pas un homme qui, après avoir vécu de leur vie pendant seulement un mois, ne devienne enragé féministe. Je ne connais point de bonheur qui se puisse comparer au leur; l'on est en effet surpris de rencontrer chez ces gens la libre insouciance de l'enfance et la sérénité de l'âge mûr dont ils ignorent résolument les pénibles responsabilités.

Je n'étais pas arrivé depuis dix minutes que je liais connaissance avec l'un d'entre eux, homme aimable, bedonnant, au visage barbu, et qui jouait au diabolo.

– C'est un jeu bien amusant, me dit-il. Ma femme me l'a envoyé de Paris avant-hier.

– Votre femme est restée à Paris?

– Il faut bien, cher monsieur. Josette ne peut pas lâcher ainsi ses affaires, surtout en ce moment... J'ai entendu dire qu'il y avait une crise économique, je ne sais pas ce qu'il y a de vrai... Peut-être pourra-t-elle malgré tout s'absenter une semaine vers le milieu de septembre? Mon Dieu, vous me faites songer que je n'ai pas répondu à son envoi. C'est bête, je vais encore me faire gronder. Je ne suis pas raisonnable non plus : Josette est si gentille pour moi! elle m'achète tout ce que je veux, vous savez. Et puis, elle se donne tant de mal, là-bas... Enfin, il faut bien, n'est-ce pas?

Mon homme se remit à jouer au diabolo, et j'allai m'asseoir sur le sable à quelques pas de là, auprès d'un groupe qui devisait à mi-voix. J'observai que ces gens-là paraissaient inquiets.

– Surtout, disait l'un, ne te coupe pas. Si Lucienne arrive par le train de cinq heures et qu'elle s'étonne de ne pas me trouver à la gare, dis-lui bien que je suis parti où je t'ai dit.

– Sois tranquille. De ton côté, ne me vends pas non plus. Si jamais la petite m'abordait, sans voir que je suis accompagné, je dirai à Roberte qu'il s'agit d'une commission pour toi...

– Pour que ta femme aille le répéter à la mienne? Non, mon vieux, non. Elle m'a déjà menacé une fois de me couper les vivres pour me faire rentrer...
J'en entendis un autre s'écrier d'une voix rageuse en brandissant une lettre :
– Croyez-vous? Marie-Louise m'écrit qu'elle ne vient pas. Après tout, qu'elle reste à Paris si elle veut, c'est son affaire. Mais au moins qu'elle envoie de l'argent! elle ne m'en parle même pas.
Durant tout l'après-midi, il y eut des conciliabules, des consignes échangées. A mesure qu'approchait l'heure du train, les visages, que j'avais vus souriants dans la matinée, devenaient plus soucieux. A cinq heures, tous les hommes étaient massés sur le quai de la petite gare et, dans un silence anxieux, s'essayaient à un large sourire d'accueil. Le tacot arriva sans trop de retard, et un cent d'épouses en descendirent, la physionomie à la fois aimable et austère, comme si leur esprit eût été encore occupé de calculs difficiles. Elles prirent possession de leurs maris qui sautillaient à leurs bras, avec des mines candides et espiègles.
– Alors, mon chéri, demandait une frêle jeune femme à un gros et grand gaillard, tu vas bien? Tu ne souffres pas trop de la chaleur?
– Ça va... j'ai déjà pris un kilo. Il fait chaud, bien sûr, mais je m'organise, ne sois pas inquiète...
– Pauvre mignon! Et tu ne t'ennuies pas un peu?
– Oh! non... c'est-à-dire... je trouve le temps long, parce que tu n'es pas là.
– Il faut être raisonnable, chéri, tu rentreras à Paris en octobre. Si tu savais la chaleur qu'il fait là-bas! C'est épouvantable.
– C'est bien ce que je me dis aussi...
Sur le chemin du village, où je me trouvais entraîné par la foule, j'entendais d'autres conversations qui n'étaient pas aussi tendres.
– Je suis au courant de ta conduite, disait aigrement une

épouse. Durand a tout écrit à sa femme qui me l'a répété.

– Écoute, Jacqueline, tu vas comprendre. Durand est jaloux...

– Jaloux ? tu avoues donc ? et moi qui m'impose tant de sacrifices pour t'envoyer au bon air...

– Tu ne me laisses pas parler... Durand est jaloux parce qu'il reçoit moins de colis que moi, et aussi parce que tu es plus jolie, plus élégante que sa femme...

– Flatteur... C'est vrai que cette pauvre Gilberte est bien mal ficelée, et puis, je crois que ses affaires ne sont pas très brillantes. Moi, au moins, je ne te laisse manquer de rien. Et à l'hôtel, tu n'as pas d'ennuis ? Il faut me le dire, tu sais.

– Non... Simplement, je trouve que le goûter pourrait être plus abondant. Si tu voulais en dire un mot...

– Sois tranquille, je ferai mes observations à l'hôtelier, répondait cette femme forte.

A côté de moi, cheminait au bras d'une épouse massive un petit homme à la figure réjouie. Je vis sa mine s'allonger tout d'un coup lorsque sa compagne l'informa d'une voix tendre :

– Léopold, j'ai une bonne surprise à te faire... Je me suis arrangée pour pouvoir rester trois jours.

– Comment... murmura-t-il d'une voix consternée, trois jours ?

Il rencontra le regard sévère de sa femme et se reprit aussitôt :

– Ça, c'est une bonne surprise... Je suis content. Je suis rudement content.

# Noblesse

Vers huit heures du matin, une soixantaine d'hommes et de femmes étaient rassemblés dans la cour de la firme *Paris-Cinéma*. Le régisseur les avait raccolés la veille à vingt-cinq francs par tête pour figurer dans un film à épisodes et à prétentions historiques. C'étaient, pour la plupart, des gens pauvrement vêtus, quelques-uns malpropres, tous préoccupés de lendemains hasardeux, à excepter quatre ou cinq femmes de modeste bourgeoisie hantées par la carrière foudroyante de quelque étoile américaine. Des groupes s'étaient formés au hasard des rencontres. On y parlait à bâtons rompus, sans entrain, pour occuper l'attente. Ceux qui avaient déjà « tourné » renseignaient les nouveaux sur les avantages et les inconvénients du métier, avec une bienveillance un peu condescendante.

Nicolet, à l'écart des conversations, était appuyé contre la grille d'entrée et considérait ses compagnons avec un peu de gêne. C'était un garçon paisible de vingt-cinq ans, bien vêtu, de bonne mine et qui avait dix francs dans sa poche. Un mois auparavant, il était employé dans un établissement de crédit qui l'avait congédié pour son manque d'assiduité. Il venait pour la première fois figurer à *Paris-Cinéma*.

Le voyant seul, un homme maigre, guenilleux, d'âge incertain, vint à lui.

– Vous n'auriez pas une cigarette, des fois?

Nicolet fouilla ses poches, en retira une cigarette en deux morceaux et l'offrit en s'excusant.

– Ça ne fait rien, dit l'homme sale. Tout se fume. Je m'appelle Bigne.

A son tour, Nicolet se présenta, ajoutant sans excès d'amabilité :

– Il y a du monde.

– Sûrement qu'il y a du monde, approuva Bigne. Entre nous, on peut même dire que ce n'est pas du joli monde... Mais vous, vous avez l'air bien de votre famille. L'année qu'ils ont fini la guerre, je m'étais acheté un complet aussi; il m'a duré longtemps. Vous avez l'heure ?

– Non, dit Nicolet, assombri par le souvenir d'une montre en or qu'il avait laissée au mont-de-piété.

Bigne flaira l'embarras du jeune homme; il fit couler un jet de salive entre ses gencives édentées et prit l'attitude d'un homme considérable.

– Je n'ai l'air de rien, mais je suis marié, dit-il en soufflant une bouffée de fumée dans le visage de Nicolet. J'ai un logement dans la rue des Petits-Carreaux, moi, et il n'y en a guère, de tous ceux qui sont là, qui pourraient dire la même chose. Je viens ici manière de toucher vingt-cinq francs. Je cause à qui je veux... Tiens, voilà le régisseur qui arrive.

Celui qu'on nommait le régisseur entra dans la cour, un papier à la main. D'une voix impatiente, il commanda :

– Alignez-vous sur deux rangs, les hommes par ici, les femmes de l'autre côté. Allons, vite, nous sommes déjà en retard.

Il compta ses gens, puis, à haute voix, il expliqua :

– Chez les hommes, il me faut quinze nobles et douze laquais. Chez les femmes, dix nobles. Le reste sera de la foule.

Lentement, il commença sa promenade devant les figurants alignés, les examinant.

– Vous, le grand au chapeau melon, dans la noblesse. Vous, avec les laquais dans le deuxième tas.

Après avoir examiné un bon tiers du contingent, il parut mécontent. Il n'avait encore que trois nobles. Hochant la tête, il maugréa :

— La noblesse ne va pas.

Bigne donna du coude dans les côtes de Nicolet et ricana en regardant les trois nobles :

— Regarde donc si ce n'est pas honteux... mettre ça dans la noblesse.

Le régisseur poursuivait son tri. Avant d'arriver à Nicolet, il interrogea :

— Je ne vois pas l'homme au bouc. Est-ce que l'homme au bouc ne serait pas venu ?

L'homme au bouc sortit des rangs.

— Ah ! bon, soupira le chef. Dans la noblesse, naturellement. C'est vous qui mettrez l'habit avec l'écharpe blanche.

L'homme au bouc toucha son chapeau de feutre et dit avec fermeté :

— Dans ces conditions-là, vous comprenez, ce n'est plus pareil. Du moment que vous vous servez de mon bouc, je veux être payé pour mon bouc. Je ne suis plus figurant, moi, j'ai un rôle.

— Je vous ai engagé comme figurant, repartit le chef. J'ai le droit de vous habiller comme je veux ; c'est compris ?

— Ce n'est pas la peine que je m'esquinte à porter le bouc, alors. Si vous le prenez comme ça, moi je vous dis que je me ferai raser à midi.

Le régisseur eut un geste de mauvaise humeur qu'il réussit à maîtriser. Il articula sèchement :

— Faites-vous raser si vous voulez. Mais moi je n'ai pas besoin de vous : voilà votre ticket, vous reviendrez vous faire payer ce soir et, à l'avenir, vous irez figurer ailleurs qu'à *Paris-Cinéma*.

L'homme au bouc prit son ticket et s'éloigna, la tête haute. Le régisseur le suivit du regard jusqu'à la grille, puis il se tourna vers ses figurants.

*La fille du shérif*

– On n'en finirait pas s'il fallait écouter des boniments pareils... Avec tout ça, je perds quand même un noble; et un bon noble.

Soucieux, il hésita devant un homme ventru, l'expédia dans le coin de la noblesse en haussant les épaules et se trouva en face de Nicolet. Alors, un sourire de détente éclaira son visage. Il frappa sur l'épaule du jeune homme, lui dit avec amitié :

– Ah bon! Voilà! Bon! tout s'arrange. Vous allez faire un jeune seigneur tout ce qu'il y a de bien. Et même...

Bigne eut un mauvais sourire.

– Il n'a jamais tourné.

Le régisseur ne répondit pas à Bigne. Il tira Nicolet, hors du rang et poursuivit son idée.

– Mais oui, vous pourriez prendre l'écharpe blanche, pourquoi pas? Vous faites un peu jeune, mais ça ne gâtera rien. Allez! c'est dit, vous porterez l'écharpe.

Nicolet, réjoui par la cordialité du régisseur et secrètement flatté de cette distinction où il était appelé, se dirigea vers ses pairs. Et Bigne lui emboîtait le pas furtivement lorsque le régisseur l'arrêta.

– Où allez-vous?

– J'allais les retrouver, expliqua Bigne.

– Je ne veux pas de ces comédiens-là, hein? Vous allez me faire le plaisir de rentrer dans le peuple.

Bigne reprit sa place, en dissimulant qu'il était vexé.

*

Les quinze seigneurs suivirent le régisseur à travers les hautes toiles de décor, jusqu'à une petite salle ménagée entre trois paysages lacustres. Sur des tréteaux, les quinze costumes étaient alignés par ordre de taille. Il y avait pour chacun un chapeau, un pourpoint, une collerette, une paire de culottes, une épée, des bas et des souliers; le tout assez mal assorti.

Le régisseur désigna un costume à chacun des figurants pour éviter toute altercation et leur donna dix minutes pour s'habiller.

Nicolet se déshabillait entre deux hommes d'une quarantaine d'années. Le voisin de droite lui confia qu'il était chanteur de café-concert sans engagement.

– Mon nom d'artiste, c'est Fernando. Je chante toujours en smoking. Pour le moment, et tel que tu me vois, je suis en pourparlers avec plusieurs directeurs. Je peux dire que c'est surtout l'embarras de choisir qui me fait venir ici en attendant que je me décide. Qu'est-ce que tu fais, toi, d'habitude?

– J'étais employé de banque, au service des avances sur titres.

– Il y a de drôles de métiers, dit Fernando. Dis donc, tu as eu de la chance, tu as vu comme le régisseur s'est emballé sur toi. Il penserait à toi pour un rôle que je ne serais pas étonné. L'écharpe blanche peut te faire remarquer. Tout dépend de ce que dira le metteur en scène. Ah! si c'était moi...

Nicolet acheva de s'habiller et s'assit sur un tréteau. Il avait un pourpoint rouge très ajusté à la taille, des culottes noires bouffantes serrées à mi-cuisse par un élastique, des bas verts, un large feutre noir à plume blanche, et, suspendue au côté par l'écharpe blanche, une épée à large coquille. Fernando lui fit compliment de son élégance.

– Tu es là-dedans.

Nicolet se leva pour faire bouffer ses culottes. Le voisin de gauche lui toucha l'épaule et pria:

– Aide-moi donc à boutonner ma collerette, je n'y arrive pas. C'est comme la veste, elle est un peu juste sur le ventre et je n'ose pas trop tirer dessus.

– La noblesse, bon Dieu! Qu'est-ce qu'elle fiche, la noblesse?

A la voix irritée du metteur en scène, le régisseur fit irruption chez les seigneurs.

– Dépêchons-nous, on attend après vous pour la scène de la rue.

★

Les yeux clignotants, la noblesse déboucha dans la lumière dure des projecteurs. Le décor figurait une double rangée de maisons en toile et carton : les façades à encorbellements avaient un air de vétusté et de saleté qui devait donner la note historique. Le peuple grouillait déjà dans la rue, mais avec des allures de flâneurs endimanchés qui inquiétaient le metteur en scène. Du haut de son belvédère, il dit au régisseur :

– Mettez la noblesse dans la rue et secouez-moi le peuple un peu. Il a l'air endormi, ce peuple. Je veux des gens affairés qui aillent à leur travail. Les nobles, deux par deux et qui tiennent le haut de pavé. Le peuple devra s'écarter devant les seigneurs. S'ils ne s'écartent pas, les nobles les bousculent à coups d'épaules.

Pendant le conciliabule, le peuple et les seigneurs se considéraient avec des regards de défiance. A quelques pas de la rue, la noblesse, déjà oublieuse de ses origines, formait un groupe distant. On s'y essayait à deviser avec aisance et courtoisie. Les vêtements seigneuriaux, le bruit des épées favorisaient une atmosphère de complicité. Fernando pérorait avec l'assurance d'un professeur de distinction et chacun s'efforçait à dire des riens aimables. Seul, un seigneur communiste ne se mêlait point à ces badinages et se contentait de sourire cordialement à quelque plaisanterie. Dans sa rue en carton, le peuple paraissait mécontent. Au premier plan, Bigne, à peine moins loqueteux que d'habitude, avait réuni quelques hommes du peuple et faisait des plaisanteries désobligeantes sur les gentilshommes.

Cependant, le régisseur avait choisi huit seigneurs, entre lesquels Fernando et Nicolet, et leur expliquait ce qu'ils avaient à faire.

– Faites semblant de causer et faites des gestes. Les gens doivent s'écarter pour vous laisser passer, mais ayez l'air un peu brutal avec eux.

Les premiers, Fernando et Nicolet entrèrent dans la rue. Bigne n'avait pas bougé.

Il dit au passage de Nicolet :

– Ça porte des écharpes blanches et ça n'a pas quarante sous pour acheter du tabac... Crâneur!

Nicolet se retourna, la main sur la garde de son épée. C'était un garçon paisible qui rêvait habituellement à une nourriture abondante et à des filles fraîches. Il vit dans les yeux de Bigne une volonté agressive et se contenta de hausser les épaules. L'autre le suivit, accompagné de deux ou trois gueux avec lesquels il échangeait des propos tout pleins d'une ironie dirigée contre « les mecs dorés sur tranche qui n'ont pas assez d'esprit ou de courage pour savoir répondre ». Nicolet finit par faire demi-tour. Nez à nez avec Bigne, il prononça d'une voix sévère, calme encore :

– J'aimerais bien que tu la boucles.

Sur quoi les comparses de Bigne jetèrent des hauts cris, dénonçant la morgue de ces petits prétentieux qui se croient tout permis parce qu'ils ont des plumes sur la tête. Fernando, complètement dominé par son rôle, assurait son chapeau d'un geste désinvolte et jetait sur la racaille accourue de tous côtés un regard circulaire d'absolu mépris. Prenant le bras de son compagnon, il voulut l'entraîner.

– Mon cher, dit-il à voix haute, je vous en prie; cavalons un peu plus loin, vous voyez bien que ces types-là sont jaloux.

Paroles malheureuses, qui mirent tout le peuple en effervescence. Fernando fut pris à partie par une dizaine d'hommes qui l'injuriaient avec des mots simples.

Sur son belvédère, le metteur en scène se frottait les mains, charmé par le spectacle de cette rue toute pleine de vie et de mouvement. Comme le régisseur faisait mine d'intervenir, il lui fit signe de s'écarter et donna l'ordre de tourner à l'opérateur.

Fernando, serré de près par des gens débraillés et grondants, commençait à perdre la foi dans la vertu de son chapeau à plume. Il s'en confessait.

— Laissez-moi passer, disait-il. Pourquoi faire se chamailler, comme si on n'était pas là pour palper nos vingt-cinq francs à la fin de la journée.

Et, à la dérobée, il pinçait la hanche de Nicolet pour lui faire apprécier la nécessité d'être opportuniste. Nicolet était lent à la colère, mais, gros mangeur, n'en était plus maître lorsqu'elle éclatait : il fallait qu'elle suivît son cours comme une digestion. Étendant le bras, il saisit Bigne par le pourpoint et l'amena contre lui. Bigne avait peur : il fut poli tout d'un coup et murmura avec soumission :

— Il a raison, ton copain. On est là pour nos vingt-cinq francs, tous autant qu'on est.

Nicolet, écœuré, lâcha cette chose molle et malpropre qui tremblait dans ses mains. Fernando, jeté par un remous dans le milieu de la foule, appelait à l'aide en agitant son chapeau à plume blanche. On n'osait pas encore le frapper du poing, mais les coups de pied dans les jarrets ne lui étaient pas épargnés. Déçu par la platitude de Bigne, Nicolet chercha de quoi satisfaire sa colère. Voyant la situation fâcheuse où s'était mis Fernando, il écarta la foule en jouant durement des coudes.

Le metteur en scène était dans une grande jubilation, l'opérateur tournait sa manivelle.

— A moi, les copains de la noblesse! criait Fernando.

Les seigneurs n'avaient d'abord pas compris grand-chose du tumulte. Ils pensaient que ce fût une mise en scène réglée à l'avance. Les appels angoissés de Fernando, l'énergie déployée par Nicolet leur firent deviner la vérité. Quelques-uns d'entre eux tentèrent de se frayer un passage à travers le peuple. Ils se heurtèrent à une résistance vigoureuse et décidèrent les autres gentilshommes à se jeter dans la mêlée.

Le seigneur communiste, demeuré seul à l'écart du champ de bataille, se débattait dans une crise de conscience, hésitant s'il marcherait contre le peuple.

– Car enfin, songeait-il, le peuple est le peuple.

Mais les appels de Fernando, de plus en plus étouffés, semblait-il, l'agitaient d'une fièvre impatiente. Il grimpa sur une chaise pour suivre les péripéties de la lutte. Tout à coup, il eut un haut-le-corps qui faillit le précipiter de son observatoire. Un truand avait décoiffé Fernando et, arrachant du chapeau la longue plume blanche, l'agitait en trophée au-dessus de la bousculade. Le gentilhomme communiste en eut au cœur comme une vive brûlure. Une impatience tendre et cruelle bouscula ses derniers scrupules. Il n'hésita plus. Jetant son épée et son chapeau, il ôta son pourpoint, retroussa ses manches de chemise et, tête baissée, fonça dans la rue. Il n'avait pas pris le temps de retirer sa collerette qui voisinait plaisamment avec la régale de tricot noir nouée sur sa chemise kaki à poches rapportées.

Son intervention fut d'ailleurs décisive. Le metteur en scène, considérant qu'au premier plan d'une rue du XVIᵉ siècle, cette chemise américaine aggravée d'une cravate en tricot noir n'était rien moins qu'un archaïsme, exhalait sa colère dans le porte-voix :

– C'qu'il fiche en bras de chemise, cet oiseau-là ? Et au premier plan, encore, et en plein milieu! Faites exprès? Imbécile, crâne de piaffe! Allez vous habiller... Et puis, assez de pagaïe dans la rue.

\*

Après la scène de la rue, le peuple fut disponible, jusqu'à midi, et se mit à errer dans le studio, tandis que la noblesse se transportait dans la salle du trône. Contre une fausse boiserie gothique, deux fauteuils également gothiques étaient occupés par la reine mère et par la jeune reine, une veuve de guerre vêtue de noir. Le metteur en scène était descendu dans la salle du trône et rabrouait un prince jeune et beau qui faisait sa cour aux souveraines.

– Mais non, ce n'est pas ça, voyez-moi cet empoté. Mais vous êtes amoureux, mon garçon, faites de l'œil à la reine et soyez aimable avec la vieille. Recommencez votre salut. Non, enlevez-vous de là et regardez comme je fais... Là, en vous relevant, vous coulez des yeux doux à la petite, mais non, des grands yeux mourants, et puis un sourire à la vieille... C'est déjà mieux. Exercez-vous pendant que je place les gens de la cour.

Aux portes, il plaça quelques laquais, immobiles, au garde-à-vous. A distance respectueuse du trône. Il disposa des groupes de dames et de gentilshommes qui devisaient en souriant, le visage tourné vers les souveraines.

– Voilà qui prend tournure, affirma le metteur en scène. De la grâce surtout. Je veux de la grâce, hein. Et maintenant, il me faut deux seigneurs au premier plan : vous, l'homme à l'écharpe blanche, et cet autre-là, qui a perdu la plume de son chapeau. Mettez-vous par ici, qu'on vous voie de profil. Vous ferez semblant de parler de choses et d'autres. Surtout, des gestes et du sourire, compris?

Il donna encore quelques conseils et regagna son observatoire. Fernando, chapeau bas, la main sur la pomme de sa rapière, était ému.

– C'est bête, avoua-t-il à Nicolet, mais j'ai le trac. Moi qui passe ma vie sur les planches, voilà que j'ai le trac en face d'un appareil. Un rôle de premier plan, dis, c'est déjà un rôle. Si on s'en tire proprement, on ne sait pas ce que ça peut nous donner. Pour être plus à l'aise, je vais réciter un monologue; toi, tu diras ce que tu voudras.

Nicolet ne répondit pas, occupé de lorgner Bigne qui bavardait au milieu d'un groupe populaire, en dehors du champ lumineux des projecteurs, et dont l'attitude était décidément injurieuse : il montrait du doigt les deux gentilshommes du premier plan, assaisonnant ses réflexions de grands éclats de rire.

Du haut de son belvédère, le metteur en scène criait dans
le porte-voix :
— Le prince, écartez-vous à droite, vous masquez la reine
mère. Là, encore.... ça va. La petite, penchez la tête un peu...
Mais non, ma petite, ne faites pas cette bouillotte-là, voyons.
J'ai dit un léger sourire, quelque chose d'attendri qui soit
encore décent. Vous êtes veuve, ne l'oubliez pas... Hep! le
grand laquais, à droite, joignez les talons... Maintenant,
attention, on va tourner.
— On tourne, on tourne...
C'était une feinte, une manière de répétition générale. Le
jeune prince était devenu plus attentif à son rôle. Les reines
souriaient avec une bienveillance mélancolique. Fernando
récitait un monologue en ménageant des silences pour
sauvegarder l'apparence du dialogue :

*Hier soir, après l'heure de la soupe, l'grand Laridon qu'est*
[*mon pays*
*Dit : « Viens donc jusqu'à la cantine, on verra la grande*
[*Anaïs...*

Suspension, et Nicolet mâchonnait d'une voix irritée,
avec des mouvements nerveux :
— Ce salopard de Bigne, et les autres qui sont avec lui, ils
commencent à me dégoûter. La matinée ne se finira pas
avant que...
Il eut un geste expressif, de sa main fermée, tandis que
Fernando reprenait :

*...En buvant l'coup.* « *Mais moi qu'étais en bourgeron*
*Je lui dis : « Mon vieux Laridon, boire un canon*
*J'en suis toujours; attends-moi donc là cinq minutes... »*

C'était un de ses monologues favoris, et qui rencontrait
toujours l'estime du public. Mais la grande habitude qu'il en
avait fit qu'il accompagna le récit d'une mimique qui n'était

point d'un gentilhomme. Comme Nicolet profitait d'un silence de Fernando pour exhaler sa mauvaise humeur contre Bigne, il y eut un grand éclat dans le porte-voix. Le metteur en scène hurlait :

— Regardez-moi cette face molle, au premier plan! M'a fichu un seigneur comme ça? On dirait un clown qui a perdu sa femme. Pouvez pas prendre l'air intelligent...

Fernando et Nicolet paraissaient insensibles aux reproches du metteur en scène, chacun étant très sûr que l'observation était destinée à l'autre. Fernando avait repris son monologue, et ses bras pendants ramaient doucement, ainsi qu'il sied à un militaire de deuxième classe dont l'âme est candide. Le metteur en scène eut un grand rugissement, presque douloureux :

— Il continue! Voilà qu'il continue! Ah! Il va faire tout rater, l'imbécile, l'idiot... Voyons, mais faites comme le grand, mettez la main sur la garde de votre épée. Campez-vous, enfin...

Fernando avait fini par comprendre que son nonchaloir irritait le metteur en scène. Tout en l'accusant secrètement d'injustice, il voulut bien faire cas de ses conseils et s'efforcer à une attitude désinvolte.

L'incident pouvait être clos, mais il est difficile d'asservir la réalité aux apparences. Dans cette cour royale, d'une physionomie pourtant benoîte, l'atmosphère était chargée de passions funestes.

\*

A midi, tous les figurants, en tenue de ville, étaient réunis dans la cour du studio. Les différences sociales n'étaient plus apparentes. Les seigneurs fraternisaient avec le peuple et les laquais. Nicolet disait à Fernando qu'il avait envie de manger une choucroute. A quelques pas, Bigne parlait d'un restaurant où l'on déjeunait très bien pour quatre francs ou quatre francs cinquante. Le régisseur vint ouvrir une petite porte à côté de la grille et fit sortir ses gens un par un, en donnant à chacun le ticket qui devait lui permettre de rentrer à une heure et demie.

Bigne se dirigea sans hésitation vers son restaurant habituel. Quelques hommes lui avaient emboîté le pas, entre lesquels le seigneur communiste dont le pourpoint vert paraissait sous la veste mal boutonnée.

– C'est un restaurant qui ne paraît pas, disait Bigne, mais vous allez voir comment qu'on mange.

Le premier avertissement n'était pas superflu, le restaurant avait mauvaise apparence. Il y flottait des odeurs de graisse rance et de lavabo gratuit. En entrant, Bigne reconnut, assis à une petite table de marbre, l'homme au bouc que le régisseur avait congédié quelques heures plus tôt. Bigne vint s'asseoir en face de lui et désigna deux tables voisines à ses compagnons. L'homme au bouc était de méchante humeur : il interrogea.

– Alors, qu'est-ce que c'est que cette machine qu'ils tournent ?

– Du film historique : reine, reine mère, gigolo et puis le peuple pour donner la physionomie. Il y a aussi des seigneurs... mais si tu voyais cette équipe de seigneurs, tu rirais.

L'homme au bouc eut un gloussement satisfait. Bigne, ayant commandé un bifteck et un litre de rouge, poursuivit :

– C'est toujours la même chose, quoi. Au lieu de choisir des gens du métier, ils ont la manie de prendre des nouveaux. On a vu ce que ça a donné ce matin. J'étais dégoûté de voir ce gamin à l'écharpe blanche qui ne savait pas comment se tortiller devant l'appareil. J'avais envie de dire au metteur en scène : « Mais donnez-moi donc ses habits que je leur montre comment on s'y prend... »

L'homme au bouc considéra Bigne d'un air attentif et dit en hochant la tête :

– Je ne dis pas que tu ne sois pas à la coule. Quand même,

tu n'as pas le genre qu'il faut pour faire un seigneur.

A la table voisine, le gentilhomme communiste approuva :

– C'est la vérité. Tu aurais été dans la salle du trône, la princesse se serait sauvée rien qu'à voir ta tête.

Bigne, ulcéré, fit effort pour ne rien laisser paraître de son dépit. Il convint avec un sourire forcé :

– Je sais bien que je ne suis pas beau. Ce que j'en dis est plutôt question métier. Au fond, j'aime cent fois mieux être dans le peuple que dans la noblesse : on a tout de même l'air moins déguisé.

Le gentilhomme, à qui l'on venait de servir un lapin en gibelotte, étalait son mouchoir sur son pourpoint vert pour éviter qu'un éclat de sauce en vint gâter le coloris. Avant d'attaquer son lapin, il jeta d'une voix méprisante :

– Pour être juste, il faut dire aussi que tu ne lui fais guère honneur, au peuple.

– Et pourquoi est-ce que je ne lui ferais pas honneur? riposta Bigne. Je n'ai peut-être pas un ventre de bourgeois comme toi, mais moi, au moins, je fais pittoresque.

L'homme au bouc eut un geste sec, de compétence, et affirma :

– Il a raison. On ne peut pas lui enlever ça : il fait pittoresque. Et dans le peuple, qu'est-ce qu'il faut? du pittoresque et pas autre chose.

– Naturellement qu'il faut du pittoresque, appuya Bigne. Et c'est pourquoi j'ai la prétention qu'il n'y a personne, dans tous les figurants d'aujourd'hui, qui soit capable de jouer comme moi, parce que moi, je fais pittoresque. Une supposition : voilà le noble qui mange son lapin, eh! bien je ne le vois pas dans le peuple.

Le gentilhomme communiste repoussa son lapin, d'un geste coléreux; il frappa du poing sur la table, parce qu'il était sincèrement indigné qu'on le rejetât du peuple, lui communiste.

– S'il y en a un ici qui puisse dire qu'il est du peuple, c'est moi, rien que moi. Qu'est-ce que tu nous chantes avec ton pittoresque?

– Tu ne comprends rien, répondit Bigne. Alors, naturellement, tu ne sais pas ce que tu dis. Ta place n'est pas dans le peuple.

Il y eut un échange de propos très vifs, puis d'injures et il fallut toute l'autorité du patron pour éviter une bataille. Finalement, le gentilhomme quitta le restaurant en traitant Bigne de vieille savate. Il ajouta qu'il allait lui frotter les oreilles de la belle manière lorsqu'il le retrouverait au studio.

\*

Sur le ciel embrasé des feux du couchant, les dômes jumelés des hautes collines bleues se profilèrent à travers les arbres au feuillage jauni; dans le creux d'une vallée où serpentait un ruisseau, apparut un village aux toits de chaume et de tuile rouge; plus loin la flèche d'un prieuré médiéval s'élançait dans la clarté d'or du matin.

Bigne, à travers un dédale de décors, fuyait de toute sa vitesse la colère du gentilhomme communiste. Il s'était laissé surprendre dans un coin isolé du studio et cherchait, dans le labyrinthe des toiles et des accessoires, un chemin par où il pût joindre ses compagnons. Derrière lui, à quelques mètres, le communiste, suant, soufflant, ahanant, s'acharnait à sa poursuite : parfois, il s'arrêtait une seconde pour reprendre haleine. Et Bigne, qui profitait de la trêve pour respirer, l'entendait grincer :

– Attends, je vas te faire voir si je suis du peuple, moi, je vas te faire voir...

Bien qu'il fréquentât le studio depuis fort longtemps, Bigne était incapable de s'y orienter, car les décors étaient changés de place à chaque instant.

– Je devrais rencontrer des figurants, songeait-il, puisqu'ils ne tournent pas en ce moment. Et le peuple...

Derrière lui, et toujours plus proche, semblait-il, il entendait la voix sifflante du gentilhomme :

— Une sacrée fessée que tu vas prendre, bouge pas.

Bigne venait de s'engager pour la troisième fois dans le
même chemin. A main gauche, il aperçut une trouée
aboutissant à un large espace où circulaient des figurants.
Emporté par son élan, il n'eut pas le temps de prendre le
virage et poursuivit droit sa course en criant :

— A moi, le peuple! A moi!

— Oui, je vais t'en donner du peuple, ricana le communiste.

Bigne se sentait faiblir. L'allée, bordée de paysages
lunaires, offrait une bifurcation à quelque dix mètres.
Comme son adversaire marquait un temps d'arrêt, Bigne
donna un effort désespéré en songeant :

— Après le tournant, je me glisserai derrière les toiles.

Le communiste, furieux de se voir distancer, forçait
l'allure. Bigne l'entendit jurer, un bourdonnement lui
emplit les oreilles, la peur lui donna un dernier sursaut
d'énergie; comme il arrivait à un carrefour, il se glissa
derrière un panneau et, sur la pointe des pieds, se dirigea à
travers un tas d'accessoires. Harassé, les jambes molles, il
finit par s'arrêter derrière un décor, coincé entre le châssis
de la toile et une commode Louis XV. A quelques pas, il
entendit le bruit d'une conversation qu'il n'eut pas la force
d'écouter.

Le seigneur communiste déboucha sur le carrefour et vit
Fernando et Nicolet qui semblaient flâner.

— Vous n'avez pas vu Bigne? Bigne, le type de ce matin...

— Vu personne, répondit Nicolet.

— Ah! c'est fichu, ragea le communiste, maintenant, il est
loin. Dire que je le tenais, là, tout seul... ah! le sagouin.
J'allais lui passer une avoine...

Nicolet, qui avait déjeuné sur sa colère du matin, n'avait
plus de rancune. Il plaida :

— Laissez-le courir, il n'est pas bien méchant.

– Une bonne correction, il mérite, oui. Qu'est-ce qu'il ne se croit pas, cette espèce de vieux pittoresque... Le peuple, c'est moi, qu'il dit.

Fernando prit le bras du communiste et il dit sur le ton du badinage agréable :

– Mon cher, vous ne vous conduisez pas en seigneur. Se battre à coups de poing, ce n'est pas des façons de gentilhomme. Quand vous avez des rognes avec quelqu'un, vous devez tout de même garder vos distances. Toujours correct, c'est ce qu'il y a de beau dans la noblesse.

Le communiste écoutait avec un scepticisme débonnaire. Nicolet souriait, amusé.

– Ah! c'était le bon temps, s'exaltait Fernando. On n'obéissait qu'au roi, et encore... Une supposition, en vous promenant dans la rue, vous preniez un coup de pied dans les fesses; il n'y avait pas de bureau de police ni de tribunal qui tiennent. Vous regardiez votre homme en face et vous lui disiez : « Morbleu, Monsieur, vous m'avez insulté » ou bien « Voilà un coup de pied qui sera lavé dans le sang », enfin quelque chose qui montre qu'on avait de l'esprit et du sang-froid. Et alors, vous tiriez l'épée, comme ça...

Fernando avait dégainé. Le bras arrondi au-dessus de la tête, il ferraillait dans le vide, rompait, marchait, faisait des appels, des feintes, comme s'il eût combattu un adversaire nombreux. Le seigneur communiste, qui n'avait pas un tempérament d'homme de théâtre, fit observer à Nicolet :

– Il se fatigue pour pas grand-chose, tout de même.

Fernando, très excité, fit une volte-face qui l'amena devant une toile de décor figurant un jardin à la française. Au premier plan, était peinte une haute statue de Pomone caressant des fruits dans une corbeille. Sans avoir égard au sexe, Fernando tomba en garde devant elle. Un instant il demeura immobile, comme s'il étudiait le jeu de l'adversaire. Après quelques feintes, il se fendit d'une détente vigoureuse.

L'épée entra dans l'estomac de Pomone d'une demi-longueur de lame. Derrière la toile, il y eut une plainte longuement soupirée, une voix murmura :

– Le peuple... pour le peuple...

Les épées de *Paris-Cinéma* étaient d'une trempe détestable, fort mal acérées. Le soir, en sortant du studio, Fernando offrit un apéritif à Bigne et aux deux témoins du drame. Le gentilhomme communiste avait pardonné. En s'asseyant à la terrasse du café, il dit à Bigne qui portait la main en écharpe :

– Maintenant, tu tiens le bon métier. Tu en as pour un mois ou deux à toucher les vingt-cinq francs par jour à l'assurance. Tout de même, s'il y avait une justice sur la terre, il devrait me revenir au moins cent sous, sur ces vingt-cinq francs-là. Je les verserais à la caisse du parti, ma parole. Ce serait pour le peuple...

– Oh! le peuple, murmura Bigne, tu sais, le peuple...

# Le diable au studio

Une année que le bon Dieu était en vacances, le diable fit des siennes sur la terre un peu plus qu'à son habitude. Passant par les studios de la firme cinématographique « Royal Écran », il jeta un sort aux acteurs et les condamna sans autre forme à vivre pour de bon la vie des personnages qu'ils étaient en train de créer.

Le diable avait si fâcheusement choisi l'instant de son intervention que l'existence de quelques-unes des plus grandes vedettes allait s'en trouver bouleversée. Au « Royal Écran », l'on était alors occupé à tourner un grand film d'amour et de haine, plein de tendresse et d'horreur, et, pour tout dire, réaliste. Gloria Pinson, une étoile de toute première grandeur, y tenait le rôle d'une petite modiste, pauvre et ingénue, qui gagnait honnêtement sa vie et répondait aux messieurs âgés et libidineux : « Tu m'as pas regardée, eh, vieux melon! »

Les vieux melons, qui n'avaient point d'autre utilité que de mettre en valeur la beauté et la vertu de la petite modiste, étaient recrutés parmi de modestes figurants dont on exigeait simplement qu'ils fussent capables de porter avec décence le monocle, le haut-de-forme, les guêtres blanches, et la fleur à la boutonnière.

Avec Gloria Pinson, les principaux acteurs n'étaient rien de moins que le séduisant Joachim Marat et le célèbre artiste

Émile Jeannet. Le premier, dans un rôle de jeune peintre, sans fortune, timide et fier, se consumait d'amour pour la charmante modiste. Émile Jeannet, riche financier quinquagénaire, dépourvu de scrupules, faisait miroiter les séductions de son immense fortune et s'employait, par des ruses coupables, à fléchir la vertu de la pauvre apprentie.

Tout se passa dans l'ordre arrêté par le diable : en fin de journée, les acteurs perdirent le souvenir de leurs habitudes quotidiennes et quittèrent le studio de « Royal Écran » sans changer de vêtements. Gloria Pinson, oubliant la conduite intérieure qui l'attendait à la porte, se hâta vert l'arrêt du tram pour gagner, dans les faubourgs, une petite chambre sous les toits, où elle se proposait de dîner d'un œuf à la coque. Les vieux melons, qui n'avaient rien de mieux à faire, lui emboîtèrent le pas et firent entendre un concert d'éloges et de promesses perfides, comme de mettre la jeune fille dans ses meubles ou de lui payer un rang de perles. Gloria Pinson, qui ne se souvenait plus d'avoir rôti le balai, était rouge de colère et de confusion, car le diable, qui ne fait rien à demi, lui avait rendu son intégrité virginale. A la fin, son indignation éclata, et avec un accent de vérité auquel jamais encore elle n'avait atteint dans ses meilleurs rôles. Intimidés, les vieux melons battirent en retraite, et, cédant à l'entraînement de leurs déplorables instincts, se dispersèrent pour courir après d'autres jupons.

Cependant, Émile Jeannet, le riche financier qui avait assisté, confortablement calé dans les coussins de sa voiture, à l'embarras de la modiste, s'arrêtait au bord du trottoir, et lui offrait de la conduire chez elle.

— Permettez-moi d'insister : il est tard, la pluie tombe de plus en plus fort et j'ai peur que vous n'attendiez votre tram bien longtemps... Ne croyez pas que je veuille être indiscret, mais je vous ai vue aux prises avec ces tristes individus, et c'est un sentiment paternel qui m'a poussé à vous parler...

Le financier souriait avec bonhomie, mais l'éclat de son

regard laissait paraître la perfidie de ses intentions. Gloria Pinson, avec sa candeur toute neuve, n'entendait rien à la manœuvre et était déjà sur le point de se laisser tenter par cette invitation paternelle. Dans l'instant qu'elle hésitait, elle vit un jeune homme à lavallière noire, arrêté à quelques pas de là, et qui la considérait avec une admiration respectueuse dont elle se sentit troublée. La jeune fille avec fermeté, déclina l'invitation du financier et, après quelques minutes d'attente sous la pluie, monta dans le tramway où le peintre à lavallière noire prit place à côté d'elle. Ils ne tardèrent pas à lier conversation et furent si satisfaits l'un de l'autre qu'une heure plus tard ils entraient bras dessus bras dessous dans une salle de cinéma. Ce soir-là, on donnait un film où triomphaient Gloria Pinson et Joachim Marat.

– C'est curieux, fit observer le peintre, cette Gloria Pinson vous ressemble d'une façon frappante!

– En effet, il y a un air de ressemblance... mais beaucoup moins surprenant qu'entre vous et Joachim Marat!

– Est-ce que vous ne vous sentez pas attirée par le cinéma?

– Oh si! soupira la petite modiste. Ce doit être plus intéressant que de faire des chapeaux... Devenir une grande vedette...

– Moi, c'est mon rêve. La peinture, je ne vous le cache pas, j'en ai plein le dos. D'ailleurs, je n'ai aucun talent, aucune chance de connaître la gloire de ce côté-là... tandis qu'au cinéma, il me semble que je réussirais. Si nous essayions?

– Je veux bien, dit la petite modiste.

*

Trois mois plus tard, tous les acteurs de « Royal Écran » étaient en prison. Les vieux melons y furent des premiers, pour s'être fait prendre en flagrant délit de détournement de mineures. La petite modiste et le peintre à lavallière, après avoir frappé à toutes les portes, supplié tous les directeurs d'entreprises cinématographiques et leurs innombrables intermédiaires, n'avaient même pas réussi à se faire engager comme figurants. On leur reprochait de n'être pas photogéniques, d'être affligés d'un regard inexpressif et on leur conseillait d'entrer dans l'administration des postes ou dans l'alimentation. Leur humeur ne tarda pas à s'en ressentir, ils se chamaillaient à tout propos et s'accusaient mutuellement de leurs déboires.

– J'ai plus de talent que toi, disait l'un. Tu empêches le libre développement de ma personnalité.

– J'ai plus de talent que toi, disait l'autre, et tu savais bien ce que tu faisais quand tu t'es accroché à moi.

Le plus grave était qu'ils fussent l'un et l'autre dépourvus de ressources, car ils avaient envoyé promener, dans la fièvre des premiers espoirs, la peinture et les chapeaux. Émile Jeannet, le riche financier quinquagénaire, n'avait pas oublié sa passion pour la modiste qu'il ne cessait de surveiller. Lorsqu'il vit les amants réduits à la misère, il se flatta auprès de la jeune fille de lui obtenir un brillant engagement dans une firme où il avait de gros intérêts, à condition qu'elle accueillît son amour.

– Tu m'as pas regardée, eh, vieux melon! répondit-elle tout d'abord. Si vous me causez encore, je le dis à mon amant!

Cet homme pervers ne se découragea point d'un refus aussi catégorique. Il revint à la charge, se fit plus pressant, et sut décrire avec éloquence les pompes et la gloire de la vie d'artiste. La petite modiste l'écoutait avec moins d'indignation et consentait déjà qu'il lui baisât la main.

Les négociations étaient bien près d'aboutir lorsque le financier fut jeté en prison, ce qui est un risque assez ordinaire de sa profession. La jeune fille, qui avait vu s'entrouvrir les portes dorées, fut bien obligée d'en rabattre. Sans le sou, congédiés par un propriétaire sans entrailles, les deux amants furent réduits à dormir sur les bancs des boulevards. Une nuit qu'ils s'injuriaient en se reprochant mutuellement de manquer de talent, ils furent arrêtés pour vagabondage et tapage nocturne.

\*

A son retour de vacances, le bon Dieu vit tout de suite qu'on avait touché à ses affaires, car, en ouvrant son registre des âmes, il ne retrouva pas son buvard où il l'avait laissé. Comme il feuilletait le grand livre, il tomba sur le chapitre du cinéma et eut un haut-le-corps.

– Par exemple! Gloria Pinson en prison? Je me demande... et Joachim Marat aussi! et Émile Jeannet!... Mais voilà qui est plus fort : j'avais douze vieux melons, tous bons époux, bons pères de famille, et je m'aperçois qu'ils sont sous les verrous. Il faut que le diable en personne soit passé par là. Cet animal n'en fait jamais d'autres. Ah! je ne devrais jamais m'absenter... Il va falloir encore que je passe l'éponge sur ces trois derniers mois.

En effet, l'éponge fut passée et, un matin, les acteurs de « Royal Écran » se retrouvèrent au studio comme s'ils se fussent quittés la veille, sans le moindre souvenir de leurs troubles aventures. Joachim Marat demandait à Gloria Pinson :

– Qu'est-ce que tu as fait, hier soir?

– Dormi. J'étais esquintée après une journée pareille. Ah! le cinéma, tiens, j'en ai jusque-là... Je me demande si je ne serais pas plus heureuse d'être modiste, pour de bon, comme dans le film...

– Et moi alors, si tu crois que je n'en ai pas plein le dos? Je suis comme toi, je me demande si ma vraie vocation n'était pas dans la peinture... Je suis sûr que j'avais des dispositions...

Émile Jeannet surgit en brandissant un journal et interrompit avec éclat leurs propos mélancoliques :

– Vous parlez d'une tuile! Encore une banque qui saute

et j'avais cent mille francs dedans! Quels salauds, ces financiers! Est-ce qu'on ne devrait pas tous les fourrer en prison...

Cependant, les vieux melons, qui se tenaient modestement à l'écart, s'entretenaient des mérites de leurs épouses et d'une certaine façon d'accommoder les choux-fleurs qui en facilitait la digestion.

## Entre les pages

Il y avait dix ans que Lambertin gagnait son pain à la sueur de son front, lorsqu'il rencontra Corvinard et la grande Julie. C'était à la fin d'une nuit de 14 Juillet, à l'heure mélancolique de l'agonie des lampions qui incite les buveurs à rentrer en eux-mêmes. La grande Julie, assise au bord du trottoir, murmurait qu'elle avait mal au cœur et que c'était bien fait pour sa pomme. A quelques pas, un petit homme vêtu de loques, mais coiffé d'un chapeau melon fort décent, se tenait adossé à un arbre du boulevard désert. Il avait un livre à la main, ce qui fit dire à Lambertin après qu'ils eurent lié conversation :

– Apparemment que vous êtes dans les écritures ? vous portez toute la barbe.

– Pas du tout, répondit Corvinard ; je suis philosophe, c'est ce qui vous explique la barbe.

Lambertin sentit confusément que c'était encore plus beau que d'être dans les écritures et il admira que le plus obscur des citoyens pût ainsi rencontrer des philosophes dans la rue. Corvinard, voyant la déférence que lui inspirait sa qualité de philosophe, voulut pousser son avantage et dit avec importance :

– Quand on est ce que je suis, le spectacle d'une femme saoule vous inspire plus d'une réflexion. Dans mon état, on est toujours en train de réfléchir sur une chose ou sur une autre.

Lambertin demeura silencieux, dans l'attente d'une parole élevée.

— Vous direz ce que vous voudrez, reprit Corvinard, mais pour se mettre dans des états pareils, il faut avoir des sous. Ce n'est pas tout le monde qui peut.

Il y avait dans sa voix certaines inflexions qui décelaient plus d'envie que de philosophie, mais Lambertin n'y prit pas garde, saisi par la rigueur d'une telle déduction. Cependant, la grande Julie s'éveillait à la conscience de son état. Les fumées du vin lui brouillaient encore la cervelle, mais l'instinct social reprenait le dessus et lui inspirait de violentes injures à l'adresse de Corvinard.

— Il a une sale tête qui ne me revient pas, disait-elle avec obstination.

Lambertin voulut s'interposer et, comme il la remettait sur pied, elle convint avec une humilité qui l'inclina d'abord à l'indulgence :

— C'est toujours la même chose, je n'ai pas plus d'intelligence qu'une brosse à dents.

Elle confia qu'elle vivait habituellement dans le péché, et, après diverses considérations sur les hasards et les avantages du métier, dit en manière de conclusion :

— C'est malheureux que je ne sache pas profiter de ma chance. Je suis peut-être plus belle que bien des femmes et, si j'étais un peu plus sérieuse, j'aurais des économies et un livret à la Caisse d'Épargne. Tu me diras qu'il n'est jamais trop tard...

La grande Julie poussa un profond soupir et ajouta, les yeux rêveurs :

— Ce qu'il me faudrait dans la vie, c'est un petit homme qui ait de l'autorité. Voilà.

Le philosophe Corvinard eut un mouvement spontané, signifiant clairement qu'il était tout prêt à être cet homme-là, mais la grande Julie lui parla durement :

— Un pas beau comme toi ? Jamais de l'existence. On a tout de même sa fierté.

Puis elle sourit à Lambertin qui ne comprenait pas encore toute la portée du débat.

– Je ne sais pas si tu as de l'autorité, lui dit-elle, mais j'aime bien la manière que tu as de mettre ta casquette en arrière. Quitte à choisir un homme...

– Alors, interrompit Corvinard avec une ironie pleine d'amertume, c'est aujourd'hui la fête de la liberté et vous en profitez pour vous donner un maître?

– La fête de la liberté? riposta la grande Julie. Qu'est-ce que tu baves? Aujourd'hui, c'est le 14 Juillet... Tu ne vas pas m'apprendre la date.

Lambertin méditait avec lenteur la proposition qui lui était faite, songeant obscurément à l'heure matinale du travail quotidien où il lui faudrait gagner l'usine de la banlieue.

– Allons boire un coup, dit-il. On ne peut pas causer sous un bec de gaz.

*

A peine étaient-ils installés au café de la Tirelire que la grande Julie s'endormait sur la banquette. Lambertin proposa de la laisser reposer un moment, et Corvinard acquiesça, nullement pressé de se retrouver dans la rue.

– En attendant, bâilla Lambertin, on pourrait faire quelque chose.

Ils se mirent d'accord sur une partie d'écarté. Le philosophe rangea son livre dans sa poche et, avec la tranquillité d'un homme parfaitement insolvable, proposa un tarif élevé. La partie s'engagea mollement, mais bientôt les deux hommes se passionnèrent au jeu. A sept heures du matin, lorsque la grande Julie s'éveilla, Corvinard perdait vingt-cinq francs. A vrai dire, ce n'était qu'une blessure d'amour-propre, et Lambertin le comprit si bien qu'il régla spontanément les consommations sans réclamer son gain. Corvinard avait ouvert son livre sur la table et semblait prendre un intérêt passionné à sa lecture.

– On ne dirait pas que c'est lui qui perd, fit observer la grande Julie. Je ne le vois pas souvent sortir ses sous, mais je me doutais qu'il n'avait pas des bonnes manières.

Comme les deux joueurs demeuraient muets, elle insista en s'adressant à Lambertin :

– Si c'est comme ça que tu m'aides à faire des économies, on n'est pas près de se retirer des affaires. Je t'aurais cru, tout de même, plus sérieux.

Lambertin faillit céder à un mouvement de mauvaise humeur ; mais, comprenant que sa nouvelle situation l'obligeait envers sa protégée, il se maîtrisa et dit à Corvinard d'une voix humble, comme s'il s'excusait de lui parler avec cette rigueur :

– Tu me dois vingt-cinq francs, mais si tu veux être là ce soir à cinq heures, je te donnerai ta revanche, et tu en profiteras pour me rembourser.

Lambertin perdait chaque jour dix et quinze francs au café de la Tirelire. La grande Julie en avait de la mauvaise humeur et ne dissimulait pas certaines dispositions agressives à l'endroit de Corvinard qu'elle traitait de petit prétentieux et d'individu pas clair, une mauvaise fréquentation pour des gens convenables.

En vérité, on ne savait à peu près rien de la vie de Corvinard et il semblait bien qu'il n'eût d'autres moyens d'existence que la mauvaise chance de Lambertin au jeu de l'écarté. Le philosophe affirmait qu'il avait fait autrefois de fortes études de latin et affectait de lire Cornelius Nepos dans un livre fatigué qu'il gardait toujours ouvert sur la table en buvant son apéritif et en jouant à l'écarté.

– Ce n'est pas étonnant qu'il gagne toujours, disait Julie à Lambertin ; j'ai idée qu'il doit trouver dans son livre des renseignements sur l'écarté.

– Qu'est-ce que tu racontes ? répondait Lambertin ; on ne jouait pas à l'écarté au temps du latin. Je suis sûr que, si l'écarté date de la guerre de 70, c'est tout le bout du monde.

– C'est peut-être vrai. En tout cas, il y a une chose certaine, c'est que ton Corvinard ne paie jamais les apéritifs... Depuis que tu le connais, il nous a déjà coûté cher.

Alors, Lambertin la priait qu'elle voulût bien fermer sa boîte une fois pour toutes, et la dispute en restait là. Mais ces mauvaises dispositions de Julie attristaient son amant. Il pensait que les femmes sont des créatures toutes matérielles, dont il n'y a vraiment rien à tirer que le pain quotidien avec les à-côtés que le mot comporte. D'avoir assisté autrefois à l'agonie de son cousin Antoine décédé en préparant son baccalauréat, Lambertin gardait le respect des prestiges de l'esprit.

Les deux joueurs ne toléraient la présence de Julie à leur table qu'avec beaucoup d'impatience. L'apéritif du soir, disait Lambertin, n'est pas une amusette; les femmes sérieuses n'y ont leur place que le dimanche. Par ailleurs, Corvinard affirmait qu'il ne saurait y avoir de belle partie d'écarté qu'en tête à tête. Par lassitude ou par soumission, l'indésirable se relâcha de son assiduité au café de la Tirelire et les gains de Corvinard prirent chaque jour plus d'importance.

\*

Un soir, comme les deux hommes venaient de prendre place à leur table habituelle, la grande Julie entra sans être attendue et s'assit sur la banquette à la droite de Corvinard. Le philosophe eut un geste discret de contrariété, murmura quelques mots de politesse et s'absorba dans la lecture de Cornelius Nepos.

– Tu dois le savoir par cœur, dit la grande Julie. Dans le temps, j'étais comme toi, je ne pouvais pas m'endormir sans avoir lu mon feuilleton. Mais moi, ce n'était pas toujours le même. Question de lire, j'ai toujours aimé lire.

Corvinard eut un sourire attristé et, une fois de plus, Lambertin donna le conseil à Julie de se faire oublier « si elle ne voulait pas prendre une claque sur les naseaux ». Il y eut un échange de propos assez vifs où la grande Julie eut le dernier en traitant son protecteur de pou volant. Lambertin jugea la comparaison excessive, mais comme il aimait la bonne tenue devant le monde, il réussit à dominer sa colère. De ses dix doigts il tambourinait sur la table, et ses prunelles fixes brillaient d'un éclat dangereux. Corvinard comprit qu'il fallait sans tarder lui occuper les mains, et dit en tendant le jeu de cartes :

— A toi la donne. Je te laisse l'avantage de commencer.

Tandis que son adversaire battait les cartes, le latiniste se replongeait dans son livre ouvert, et il faut bien croire que Cornelius Nepos est un auteur gai, puisque Corvinard balançait la tête en souriant. La grande Julie le considérait avec une curiosité malveillante qui n'allait pas sans commentaires.

Cependant le miracle quotidien s'accomplissait. Lambertin, en arrivant au café de la Tirelire, était toujours d'humeur soucieuse. Mais qu'il fût pris par le jeu, et l'univers n'était plus rien d'autre, à ses yeux, qu'une lande desséchée servant de support à toutes les combinaisons qui sont entre les cœurs, les piques, les carreaux et les trèfles.

— Il tourne pique de la dame, dit-il avec exultation. Un peu plus, et c'était le roi.

— Bien sûr, railla Julie, mais voilà : ce n'est pas le roi.

Corvinard, s'arrachant à la caresse de la phrase latine, ramassa son jeu sur son livre et interrogea d'une voix distraite :

— Qu'est-ce qu'il tourne ? Je n'étais pas au jeu...

— Je te dis, la dame de pique et c'est à toi de jouer.

Corvinard parut sortir d'un rêve, il prononça en rangeant ses cartes :

— J'annonce le roi. Marque un point pour moi.

La grande Julie siffla entre ses dents avec une ironie rageuse :

– Nature qu'il annonce le roi. Ça m'étonnerait s'il n'annonçait pas le roi.

Les sourcils froncés, Lambertin tapait les cartes sur la table. A la fin du premier tour, il fit gicler l'eau du siphon dans son apéritif et dit avec un rire heureux :

– Tu commences bien. Déjà deux points pour toi, et tu n'as pas fini...

La grande Julie haussait les épaules, grommelant que si l'on désignait aux suffrages le plus bel imbécile de France, Lambertin ferait une jolie fortune au cinéma. A son tour, Corvinard battait les cartes, le regard rivé à son livre qu'il tenait ouvert entre ses deux coudes, comme pour le garder d'une profanation. Il fit couper Lambertin, distribua les jeux, prit le temps de tourner la page de son Cornelius Nepos et amena une carte sans la regarder. Lambertin, la tête renversée en arrière, se claqua la cuisse avec un rire débonnaire qui fit sursauter le philosophe.

– Qu'est-ce que je te disais ? Voilà que tu tournes le roi de cœur !

– C'est tout de même vrai, murmura Corvinard en levant les yeux.

La grande Julie ne disait plus rien. Elle buvait son apéritif par petites gorgées, les lèvres pincées, le regard sournois sous les paupières mi-closes.

Lambertin perdit la première manche avec une rapidité qui l'enthousiasma. La deuxième manche allait du même train. Corvinard jouait sans fièvre et, quoiqu'il demeurât très attentif au jeu, il ne se privait pas du plaisir de consulter son auteur favori. Cette tranquillité parfaite, cet amour constant des belles lettres, étaient pour Lambertin le sujet d'une admiration toujours renouvelée. Lorsqu'il lui arrivait d'y réfléchir, loin du café de la Tirelire, il lui semblait que ce fût une folie présomptueuse que de vouloir vivre sans la connaissance du latin. Ce soir même, bien qu'il se passionnât au jeu, il eut un soupir d'envie en poussant les cartes vers son compagnon.

\*

Corvinard, comme à regret, battit les cartes, donna les jeux, tourna la page de son livre. Alors, la grande Julie eut un mouvement vif de l'avant-bras, saisit fortement le poignet du philosophe qui extrayait avec beaucoup de doigté un roi de carreau d'entre les pages de son Cornelius Nepos. Son intervention était si bien calculée, si précise, que la provenance du roi de carreau ne pouvait pas être mise en doute. D'ailleurs, elle n'eut qu'à secouer le livre pour qu'il en sortît d'autres cartes. Lambertin demeurait stupide, le regard de ses yeux exorbités allait du coupable au corps du délit qui était tombé sur la table, le ventre en l'air, impudique dans sa majesté bariolée.

– Un militaire à la nuit... railla la grande Julie qui fréquentait beaucoup les cartomanciennes.

Lambertin voulut dire quelque chose qui exprimât son indignation. Il ne put que bégayer des mots inintelligibles. Très à l'aise, Corvinard s'occupait de feuilleter son livre pour retrouver la page qu'il venait de quitter. Avant de reprendre sa lecture, il dit à Lambertin d'une voix compatissante :

– Tu vois, avec les femmes, il arrive toujours des histoires.

Lambertin donna un violent coup de poing sur la table, on put croire un moment qu'il allait faire un éclat, mais il se contenta d'articuler en cherchant son portefeuille :

– Un philosophe... Ce n'est pas croyable. On m'aurait dit ça...

Puis il appela le garçon, paya les soucoupes, jeta sur le tapis les huit francs qu'il venait de perdre à l'écarté, et sortit avec la grande Julie sans ajouter une parole.

Corvinard s'était désintéressé du règlement des consommations. Il rafla ses huit francs de gain, vida l'apéritif auquel Lambertin n'avait presque pas touché et se remit à la lecture de Cornelius Nepos. Il semblait bien qu'il y prît plaisir.

\*

La grande Julie et son amant marchaient d'un pas pressé. Il était à peine sept heures moins le quart, une foule impatiente se disputait les trottoirs, et les voitures menaient un grand vacarme. Lambertin bousculait les passants sans prendre garde aux protestations. Il ne voyait rien, distrait dans une rêverie sombre, ramassé sur lui-même, dangereux comme un dogue. Il écoutait en silence les commentaires de la grande Julie sur l'événement qui le jetait dans la rue à une heure inhabituelle, une heure où il aurait dû boire son apéritif en tapant le carton. Une nostalgie épaisse lui pesait sur le cerveau, tandis qu'il évoquait l'atmosphère enfumée du café de la Tirelire, le cliquetis apéritif des bouteilles, le bourdonnement des clients, le sourire du patron et le marbre poisseux de la table consacrée où le Cornelius Nepos s'ouvrait entre les rondelles de mandarin curaçao et les traînées verdâtres du Pernod. Une colère et une tendresse vague lui serraient la gorge.

– Tu comprends, disait Julie, ce n'était pas naturel que tu perdes tous les soirs. Si la chance n'est pas à tout le monde, ce n'est plus la chance. Quand je l'ai vu tourner le roi trois fois de suite, j'ai compris qu'il se passait quelque chose.

Ils marchaient maintenant dans une rue moins fréquentée, et Lambertin pressait encore le pas, comme s'il eût voulu fuir les explications de Julie. Elle avait peine à le suivre et élevait la voix pour être bien sûre qu'il l'entendît.

– Ce qui m'étonne, c'est que tu ne te sois jamais douté de rien, dis. Tu ne doutais pas ?

Lambertin grommela quelque chose qui se perdit dans

son gilet. Essoufflée, un peu inquiète de son attitude, elle demeura un instant silencieuse. Ils venaient de s'engager dans une ruelle mal éclairée, presque déserte. Lambertin ralentit l'allure et épongea la sueur qui coulait sous sa casquette. La grande Julie se crut à l'aise de lui rappeler tout ce qu'il devait à son initiative, à sa clairvoyance.

– Je te l'avais toujours dit, tu te rappelles? Moi, rien qu'à voir la tête des gens...

Elle n'eut pas le temps de faire valoir sa sagesse. Lambertin la poussa dans un coin obscur ménagé par une maison en avancée sur l'alignement. Il la gifla sur les deux joues, lui cogna la tête sur la muraille en rageant :

– Saleté! Tu ne peux donc pas laisser le monde tranquille? Il a fallu que tu viennes brouiller les jeux... Mais qu'est-ce que tu as dans le corps, je te demande.

La grande Julie faisait du tapage et lui reprochait son ingratitude :

– Un homme, pour qui j'ai tout fait, me récompenser de cette manière-là! Un homme que j'ai rhabillé des pieds à la tête! Ça n'a même pas de reconnaissance.

Lambertin redoublait de claques et accablait sa belle amie des pires injures.

– Corvinard ne t'avait pourtant rien fait... Mais tu étais jalouse de son instruction!

La grande Julie riposta qu'elle ne s'en souciait pas du tout, qu'au reste «Corvinard pouvait bien se mettre son instruction quelque part», ce qui prouvait suffisamment combien elle en méconnaissait l'importance et le sain usage. Lambertin fut blessé si profondément qu'il suspendit ses gifles mais, châtiment plus grave et dont la grande Julie comprit toute la portée, il se prit à lui parler à la deuxième personne de politesse.

– Madame, dit-il, vous allez rentrer vous coucher, d'abord et premièrement. Et, si je vous entends dire encore un mot de travers sur Corvinard, je vous causerai avec mes galoches, Madame.

La rage au cœur, la grande Julie obéit, tandis que son amant s'en allait dîner seul.

Arrive un accident, il est toujours réconfortant de découvrir un responsable et de lui infliger un châtiment, même immérité. Lambertin mangea de bon appétit et la satisfaction du devoir accompli le fit durer en belle humeur jusqu'au moment de s'endormir.

*

Le lendemain, il entra en mélancolie depuis le matin. La présence de la grande Julie lui était insupportable; il sortit de bonne heure et se mit à errer par les rues. La journée lui parut interminable. L'après-midi, à mesure qu'il sentait venir l'heure rituelle de l'apéritif, son angoisse devenait plus douloureuse. Comme il passait devant une librairie, il eut une inspiration et entra dans la boutique.

– Je voudrais avoir, dit-il au commis, un livre qui s'appelle Cornelius Nepos.

Le commis consulta plusieurs catalogues et dit à Lambertin :

– S'il s'agit d'un ouvrage licencieux, je dois vous prévenir que nous ne tenons pas ce genre de publications. Mais le titre fait plutôt songer à un roman convenable...

– Peut-être bien. C'est un livre qui a une couverture en carton.

– Nous ne l'avons pas, reprit le commis, mais je me permets de vous conseiller un autre roman qui a beaucoup de succès : *Les Trois Béguins de l'archiduc*. Roman de mœurs, mais probe.

– Donnez toujours, soupira Lambertin, puisque vous n'avez pas l'autre.

Il emporta le livre sans en espérer un grand réconfort, et reprit sa promenade solitaire. A six heures, peut-être par habitude, il passa devant le café de la Tirelire. Par la porte ouverte, il put voir Corvinard assis sur la banquette à sa place habituelle, son livre ouvert sur la table. Lambertin entra presque malgré lui, happé par la tentation.

\*

Le philosophe lui tendit la main comme si de rien n'était et commença de battre les cartes. Voyant le livre que Lambertin posait sur la table, il eut la curiosité de l'examiner. Lambertin avoua simplement sa démarche auprès du libraire, et Corvinard eut un sourire d'amitié.

– Si tu m'en avais parlé plus tôt, je t'aurais cédé le mien. En tout cas, je suis prêt à faire l'échange contre tes *Trois Béguins de l'archiduc*. Tu n'auras qu'à me donner vingt-cinq francs pour la différence, le classique est toujours plus cher, forcément.

Le marché conclu, Lambertin saisit amoureusement le Cornelius Nepos et, avec les yeux de la foi, commença d'admirer les premières pages du texte latin.

– Attends, dit Corvinard en remettant la main sur le livre.

Lambertin craignait déjà qu'il ne se ravisât mais l'autre se contenta de feuilleter les pages du Cornelius Nepos. Il en retira posément le roi de trèfle, la dame de trèfle et le roi de carreau. Lambertin, les joues un peu congestionnées, le considérait en silence. L'opération terminée, il dit avec un sourire timide, à peine mélancolique :

– Tu savais donc que je reviendrais ?

\*

Révoltée par la coupable indulgence de son amant, la grande Julie crut devoir reprendre sa liberté. Lambertin recommença, en maudissant la condition humaine, à gagner son pain à la sueur de son front. Et il fournissait un labeur acharné, car il lui fallait donner un aliment quotidien à la chance du philosophe Corvinard qui trouvait que tout était pour le mieux dans le meilleur des mondes.

# Confidences

Le nouveau ne retint pas longtemps l'attention. Mince, une figure de fille et rougissant facilement, il répondait au nom de Gustave Laduret, né en 1932 dans le quatorzième arrondissement. Le maître le fit asseoir au bout d'une rangée à côté d'un nommé Majorel et personne ne pensa plus à lui. Gustave, les bras croisés sur la table, attentif à la leçon, osait à peine jeter un regard de côté, quelque démangeaison qu'il en eût. Son voisin Majorel lui parut être un garçon remarquable. C'était un costaud, d'une figure rieuse et colorée et qui employait joyeusement son temps. En moins d'une heure, il se fut attiré trois réprimandes et fait flanquer cinquante lignes par le maître. Il avait laissé échapper d'une boîte en carton un hanneton et deux araignées, collé une chique de papier mâché sur la nuque d'un camarade, soufflé une bourde à un voisin qui récitait sa leçon et fait cent choses pareilles, toutes aussi heureusement inspirées. En outre, il portait des culottes de golf et savait faire bouger ses oreilles. Un type formidable. Gustave était dans l'admiration et souhaitait ardemment mériter la sympathie d'un garçon aussi bien doué, mais ni le matin, ni l'après-midi, Majorel ne parut s'apercevoir de la présence de son nouveau voisin.

Le soir, à quatre heures, à la sortie de l'école, il se joignit timidement à un groupe composé de Majorel et de deux écoliers et descendit avec eux la rue du Mont-Cenis. Pour la première fois, Majorel prit garde à lui.

– Tiens, dit-il, voilà Toto. Bonjour, Toto. Comment ça va, mon vieux Toto ?

Aux premiers mots, les deux autres s'étaient mis à rire et Majorel, sans attendre la réponse, changea aussitôt de conversation. Ravi par l'apostrophe, mais intimidé, Gustave resta d'abord interdit et finit par murmurer :

– Ça va, je te remercie.

Sa réponse ne fut entendue de personne ou bien ne parut pas mériter l'attention. Lui-même la jugea insuffisante, déplorablement banale et, un moment, il eut l'esprit occupé de toutes les reparties qu'il aurait pu faire.

Cependant, l'un des écoliers, nommé Carton, s'était mis à imiter le bruit d'une sirène donnant l'alerte. Sans attendre qu'il eût fini, Majorel fit entendre un ronflement d'avion et, les bras en croix, se mit à tourner en rond. Enfin, il lâcha sa torpille, fit « boum » et annonça :

– Ça y est, les mecs. En plein sur l'école. Trois mois de vacances.

Carton, jaloux de sa réussite, contesta qu'elle eût été aussi complète.

– Minute, dit-il, ce serait trop facile. Moi, j'étais là. Je t'attendais avec ma D.C.A.

– La D.C.A. ? dit Majorel. Je crache dessus en piqué.

Carton se trouva froissé par ce mépris de la D.C.A. Il expliqua que son père était artilleur dans la D.C.A. et ajouta avec orgueil :

– Il est prisonnier.

– Le mien aussi, dit Majorel en se redressant de toute sa taille. Il est prisonnier en Autriche.

– Le mien, il est en Silésie.

Les deux écoliers échangèrent un regard d'estime. Spontanément, Majorel concéda que la D.C.A. pouvait avoir son utilité et, revenant aux pères prisonniers, fit entendre avec emphase que leur commune adversité rapprochait singulièrement les fils. C'était entre eux à la vie, à la mort, précisa-t-il. La grandeur des situations et tant de pathétique éloquence firent passer un frisson au cœur de Gustave. Le groupe s'était engagé dans l'escalier de la rue du Mont-Cenis. Majorel allait en avant avec Carton qu'il prenait par l'épaule d'un geste fraternel. Après le temps de recueillement qui convenait à la solennité de leur engagement, il se tourna vers celui des écoliers qui s'appelait Ferjeux et, avec une bienveillance un peu hautaine, lui demanda :

– Alors, collègue, qu'est-ce qu'il est devenu, ton père à toi?

– Il a été démobilisé, répondit Ferjeux. Mais il a été bombardé souvent. Il nous racontait...

– Enfin, quoi, il n'est pas prisonnier, coupa Majorel.

Cette constatation tomba comme une sentence. Ferjeux en fut gêné et crut devoir excuser son père.

– Ça ne s'est pas trouvé, dit-il avec humilité.

Les deux fils de prisonniers s'abstinrent de commentaires désobligeants, mais échangèrent un regard exprimant à la fois une relative indulgence et le sentiment qu'ils avaient de leur supériorité. Majorel se mit à chantonner comme pour faire oublier une révélation d'un caractère regrettable et Ferjeux fut plus sensible à l'injure de cette attitude qu'il ne l'eût été à un reproche dûment formulé.

En arrivant au carrefour, le groupe s'arrêta avant de se disperser.

– Je m'en vais par là, dit Gustave. J'habite rue Nicolet.

– Le bonjour à ton canari, lui dit Majorel. Et si jamais il y a le feu chez toi, n'oublie pas d'appeler la sage-femme.

Chacun s'esclaffa, même Ferjeux qui y mit peut-être un peu trop d'empressement. Majorel, flatté, retint dans la sienne la petite main de Gustave et lui demanda d'un ton affable, un peu pour plaisanter, comme s'il était trop chétif et trop insignifiant pour que la réponse pût faire aucun doute :

– Dis donc, Toto, tu ne nous as pas dit où est ton père?

Gustave rougit et répondit avec un accent de fierté discrète :

– Mon père, il est prisonnier aussi.

Il avait parlé en baissant la tête. Il osa la relever et vit que ses compagnons le regardaient avec d'autres yeux. Majorel prononça encore de fortes paroles qui scellaient une nouvelle alliance. Ils étaient maintenant trois fils de prisonniers et entre eux aussi, c'était à la vie, à la mort. Gustave, enivré par les promesses d'une amitié si belle, prit à peine garde à la solitude mélancolique de Ferjeux.

*

Sur le chemin de la rue Nicolet, tandis qu'il s'enchantait au souvenir de l'aventure qui le liait à Majorel, l'écolier éprouvait une inquiétude encore vague qui se précisa au moment où il franchissait le seuil de la maison. Il lui semblait sentir soudain le poids d'un fardeau gênant. Il gravit lentement les étages, surtout les derniers, et il aurait presque souhaité que l'escalier fût sans fin. Entre le quatrième et le cinquième, il rencontra une locataire qu'il ne connaissait pas encore, une grande femme maigre à cheveux blancs, et il eut l'impression pénible qu'elle le regardait d'étrange façon, l'air méfiant et réprobateur. Gustave la salua en ôtant sa casquette et, en vérité, elle répondit fort distinctement à son salut en articulant : « Bonjour, mon garçon », mais le ton était dur et plein de reproches. Enfin, comme il arrivait au sixième, une porte s'entrouvrit au fond du palier, celle des voisins Hurtel, les seuls qu'il connût, et une voix de fille ricana : « C'est Gustave. » Avant que la porte se fût refermée, il entendit la même voix répéter son nom, puis d'autres voix, lointaines, s'en emparer à leur tour et bientôt ce fut une rumeur qui semblait suinter de tous les murs de l'étage : « C'est Gustave, disaient les voix. C'est Gustave. »

En poussant la porte de la cuisine, il faillit laisser échapper un cri. Son père était assis à côté du berceau de sa sœur et réparait la poignée de la cafetière avec un morceau de fil de fer. Sa présence n'avait du reste rien de surprenant. Depuis qu'il était en chômage partiel, il passait souvent l'après-midi à la maison pour permettre à la mère d'aller faire la queue à l'épicerie.

– Qu'est-ce que tu as à me regarder avec ces yeux-là? On dirait que tu ne me reconnais pas. Tu n'es pas malade?

Gustave vint l'embrasser avec une espèce d'empressement craintif. Le père l'examina d'un air soucieux, lui palpa l'épaule de sa grosse main et l'éloigna doucement avec un soupir bref, contenu. Gustave savait ce que signifiaient ce regard et ce soupir. Ils évoquaient la misère des temps et particulièrement la leur, les denrées rares, la vie chère et le demi-salaire, tellement insuffisant qu'il fallait vendre les tickets de viande afin de pouvoir acheter les choses les plus indispensables. A neuf ans, Gustave connaissait les limites étroites et précaires de la pauvreté et savait quelle volonté et quelle vigilance sont nécessaires pour se cramponner à un palier de misère et ne pas descendre plus bas. A la maison, il pouvait voir ses parents absorbés dans cette lutte de chaque instant où il fallait compter, rogner sans cesse, économiser la nourriture, la lumière, la chaleur, les habits, et surtout la colère contre la mauvaise chance. Lui-même avait appris à supporter, sans se plaindre, de rester sur son appétit et à feindre de n'y pas penser. Dans l'effort commun de cette résistance à la misère, la solidarité était si étroite que les cris de la fillette au berceau paraissaient inconvenants, bien qu'elle eût trop souvent l'excuse de n'avoir pas mangé à sa suffisance.

Gustave prit sur la table une tranche de pain sec que sa mère avait préparée pour son goûter. Elle était si mince qu'il eût été facile de la plier en quatre et d'en faire une bouchée. Il y plantait ses dents comme dans une vraie tartine et la mangeait avec lenteur, non pas seulement pour tromper sa faim, mais aussi par discipline, afin de conserver toute sa valeur à une habitude. Pendant qu'il mangeait en levant sur le père des regards furtifs, les paroles qu'il avait prononcées à l'instant de quitter Majorel résonnaient à ses oreilles. Jamais il ne s'était senti coupable d'une aussi noire trahison, non, pas même certain après-midi de jeudi qu'étant préposé à la garde de sa sœur, il avait prélevé sur le biberon un doigt de lait pour y tremper son pain. Ce larcin, auquel il pensait encore avec regret, lui semblait maintenant de peu d'importance. Il n'avait été qu'une faiblesse, une défaillance passagère, presque physique, n'entamant pas sa fidélité à l'effort commun. Le mensonge qu'il avait proféré tout à l'heure, bien qu'il n'entraînât aucune conséquence d'ordre matériel, sa conscience le lui reprochait comme un reniement, un attentat dont la réalité d'abord incertaine avait commencé à se préciser au moment où il franchissait le seuil de la maison et qui prenait toute sa signification en présence du père. Plusieurs fois, Gustave fut pris d'un effroi superstitieux au souvenir de ses propres paroles qui lui semblaient recéler la menace d'une incantation maléfique. Un aveu, seul, aurait pu conjurer le péril et du même coup le délivrer de son remords, mais l'idée d'un effort aussi inhumain le paralysait.

— J'ai à sortir, dit le père tout à coup. Dans une heure, si ta mère n'est pas rentrée, tu penseras à donner le biberon à ta sœur. Prends garde qu'il ne soit pas trop chaud.

Lorsqu'il eut quitté la cuisine, Gustave éprouva un grand soulagement qui témoignait bien de la gravité de sa faute. Il ne se sentait pas moins coupable, mais sa conscience lui laissait d'agréables répits. Il se souvint avec plaisir des liens d'amitié qui l'unissaient à Majorel pour la vie comme pour la mort et il regretta que le lendemain fût un jeudi, jour sans école pendant lequel il serait privé de son nouvel ami. L'arrivée même de sa mère, tout en ravivant un peu son remords, ne le troubla pas autant qu'il l'avait craint et, jusqu'au dîner, la soirée s'écoula pour lui assez paisiblement.

Ses angoisses recommencèrent au retour de son père qui rapportait de mauvaises nouvelles. Le couvert était mis dans la cuisine. Le père s'assit avec un air de lassitude et informa brièvement :

– Je viens de voir Bruchard. C'est craqué.

Il avait parlé d'une voix unie, sur le ton de l'indifférence à peine ironique, comme si tous ses efforts pour trouver du travail n'eussent été que de vaines politesses rendues à une fatalité inexorablement contraire. La mère se tenait immobile et, le front plissé, fixait en silence le couvercle de la soupière qu'elle venait de poser sur la table. C'était un drame que Gustave connaissait bien et qui ne l'avait jamais laissé indifférent. Cette fois, il se sentit responsable de l'échec et laissa échapper en pleurant l'aveu qu'il avait cru impossible.

– J'ai dit à Majorel que papa était prisonnier.

Entrecoupées par les sanglots, les paroles se brouillaient sur ses lèvres grimaçantes. Il réussit à articuler plus clairement :

– Tout à l'heure, en sortant de classe, j'ai dit aux autres que tu étais prisonnier.

– Quelle drôle d'idée, fit le père. Pourquoi as-tu dit ça ?

A travers ses larmes, Gustave regarda ses parents et constata, non sans étonnement, que leurs visages n'exprimaient ni l'horreur, ni le désespoir, mais seulement la curiosité. Apaisé par cette attitude, il put répondre à la question de son père et raconter de façon intelligible comment il avait été entraîné à faire un mensonge à Majorel. A mesure qu'il poussait son récit, il voyait les visages se détendre dans une expression amusée et il en éprouvait une grande gêne. A la raconter, l'affaire perdait son véritable sens et, il le sentait lui-même, n'avait plus rien de dramatique.

– C'est tout ? demanda le père lorsqu'il eut fini.

Gustave ne trouva rien à répondre. Il se sentait repris d'une envie de pleurer. Ses parents le regardaient en riant d'un petit rire affable qui lui paraissait stupide et il en était humilié pour eux.

– Bien sûr, dit sa mère, tu n'aurais pas dû raconter un mensonge à tes amis. Ce n'est jamais bien de mentir. Mais enfin, il n'y a pas de quoi te mettre non plus dans des états pareils. Ce n'est qu'un petit mensonge qui n'aura fait de tort à personne. Allons, n'y pense plus et mange ton potage. Il va être froid.

Pendant le temps du repas, Gustave eut l'air absent et resta étranger à la conversation. Le récit qu'entreprit sa mère de ses tribulations chez l'épicier et chez le tripier le laissa visiblement indifférent. Elle remarqua qu'il ne se comportait pas comme à l'ordinaire et l'envoya au lit dès qu'il eut avalé la dernière bouchée.

– Va te coucher, va. Ce soir, tu as l'air abruti, mon pauvre garçon.

Le lendemain jeudi, Gustave s'éveilla avec une conscience paisible qu'il garda toute la journée. Il joua dans la rue Nicolet avec des enfants de la maison et fit preuve de beaucoup d'entrain. A la maison, ses parents observèrent qu'il n'avait jamais été aussi gai, aussi insouciant. Au déjeuner comme au dîner, il se plaignit d'avoir encore faim et, à plusieurs reprises, réclama du pain. La première fois, il rougit de cette étourderie indiscrète, mais il prit très vite l'habitude de réclamer sans la moindre honte et n'eut même pas le sentiment qu'il était en train de rompre avec une discipline.

★

Majorel n'avait pas fait sa rédaction et en donna au maître une excuse improbable et futile. Invité à réciter sa leçon d'histoire, ses propos déchaînèrent l'hilarité de ses condisciples. Il croyait ou feignait de croire qu'Étienne Marcel ne fût rien d'autre qu'une station de métro. La coupe déborda lorsqu'en fin de matinée il planta son porte-plume dans la fesse de son voisin de droite. La victime poussa un hurlement et, dressée à son banc, se plaignit que Majorel, outre le dommage à la fesse, lui eût fait une tache d'encre à sa culotte. Vu la gravité de l'affaire et les suites possibles, le maître jugea prudent de se couvrir et décida de traduire le délinquant devant la justice du directeur.

A midi, Gustave laissa s'écouler le flot bavard des écoliers et resta seul devant l'école à attendre la sortie de Majorel que le directeur était en train de confronter avec le plaignant. Il pouvait craindre d'arriver chez lui avec un retard sensible et de s'attirer des reproches, mais il en prenait le risque avec plaisir. Entre Majorel et lui, il ne l'oubliait pas, c'était à la vie, à la mort.

Le plaignant sortit le premier et se trouva en face de Gustave. Lorsqu'il sortit à son tour, Majorel les surprit en train de s'injurier et sur le point d'en venir aux mains. Gustave avait bien fait les choses. A brûle-pourpoint et sans la moindre provocation, il avait traité l'autre de cafard et de dégoûtant. L'arrivée de Majorel rompant l'équilibre des forces, le plaignant s'éloigna sans avoir décoché le coup de pied auquel il pensait.

– Alors? demanda Gustave.

– La vache, dit Majorel en parlant du directeur, qu'est-ce qu'il m'a passé! Il va prévenir mes parents.

Majorel considéra l'avenir d'un air soucieux et ajouta :

– Mon père va drôlement m'agonir.

– Ton père? Mais je croyais qu'il était prisonnier.

– Prisonnier! Penses-tu. Y a pas de danger, répondit cyniquement Majorel.

Gustave en eut d'abord le souffle coupé. Il fit observer d'une voix qui venait mal :

– Mais avant-hier, tu disais qu'il était prisonnier.

– Moi, j'ai dit ça? s'étonna Majorel.

Il ne s'en souvenait même pas. Le cœur de Gustave se serra. Il sourit amèrement en pensant à leur pacte d'amitié « à la vie, à la mort ».

– Prisonnier! rêvait Majorel à haute voix. Ah! oui,
prisonnier! Qu'est-ce qui va me tomber sur les os comme
tartes et comme coups de pied dans le train. Ils m'arriveront
pas d'Allemagne dans une lettre, je te jure.

Ils descendirent la rue du Mont-Cenis sans échanger
d'autres paroles et, au carrefour, se séparèrent sur un salut
distrait. Il n'y avait plus d'amitié. A vrai dire, il n'y en avait
jamais eu. Gustave pensait à ses parents, à Majorel, et se
jugeait bien bête.

## Augmentation

A quarante-cinq ans, le droguiste avait pris le mal d'amour et épousé une vierge fragile. La droguerie était bien achalandée; Antoine Lesauveur y avait succédé à son père. Le commis, blond et maigre, était de l'espèce dévouée qui ne connaît jamais sa myopie. Un matin, Antoine Lesauveur dit à son commis :
— Vous travaillez consciencieusement, Dominique, je pense à vous augmenter.
— Vous êtes bien bon, monsieur Antoine, répondit Dominique.
Et il rougit, parce qu'il croyait que le progrès était en marche. Cela fit plaisir au droguiste qui prit une pleine conscience de sa bonté; et, comme il se méfiait d'une décision arrêtée sous l'empire d'un sentiment généreux, il différa de préciser les nouveaux appointements du commis. De ses doux yeux myopes fixant le patron, Dominique attendait un chiffre.
— Il faudra que vous veniez dîner un de ces jours avec nous, ajouta Antoine Lesauveur.
C'était la première fois que le droguiste priait son commis à dîner. Bouleversé, Dominique considéra que le monde était harmonieux, promis aux bons travailleurs. Il balbutia une action de grâces et, la mâchoire pendante un peu, attendit une date.

– Nous reparlerons de tout cela, dit Antoine Lesauveur. Dominique craignit d'avoir montré une insistance indiscrète qu'il voulut racheter par une parole pleine de tact :

– Est-ce que la santé de Mme Lesauveur...

Le droguiste quitta son comptoir avec précaution, à cause de ses pieds goutteux chaussés de pantoufles molles, et fit quelques pas au milieu de la boutique. Sa tête chauve dodelina un peu, il soupira :

– Mon brave Dominique, je suis toujours bien inquiet. Ce n'est pas que Mme Lesauveur soit en danger, mais elle est toujours fatiguée, sans appétit, autant dire sans forces. Elle mange comme un oiseau, voyez-vous, et il lui faut beaucoup de sommeil. C'est une enfant si frêle, si douce; si...

Avec sa main droite, il mit au bout de sa pensée un geste tendre comme une caresse d'ange gardien. Ému par une passion aussi délicate, Dominique sentit son cœur frémir d'une tendresse compatissante et chercha une parole qui en donnât témoignage.

Mais le droguiste avait regagné le tiroir-caisse et hargnait sur des écritures. Au bout d'un quart d'heure, il appela Dominique.

– J'ai oublié de descendre le sac de monnaie, dit-il. Montez vite au premier étage, vous le trouverez dans le tiroir du meuble de la salle à manger, au fond du couloir. Surtout, ne faites pas de bruit. Mme Lesauveur dort encore, n'allez pas la réveiller en passant devant la porte de sa chambre. Montez doucement, sur la pointe des pieds.

\*

Depuis le milieu de la boutique, Dominique s'éloigna sur la pointe des pieds, à la satisfaction d'Antoine Lesauveur qui le suivit du regard jusqu'au fond de la droguerie. Au premier étage, il ouvrit facilement la porte et pénétra dans l'appartement avec de grandes précautions. Il eut quelque inquiétude à constater que la porte de Mme Lesauveur était légèrement entrebâillée. Redoublant d'attention, il gagna le fond du couloir avec la discrétion d'un rat d'hôtel et alla prendre le sac de monnaie dans la salle à manger. Là, il s'accorda une minute de repos et s'amusa de son habileté. Au retour, il allait d'un pas toujours prudent, mais déjà habitué. Et comme il venait de dépasser la porte entrouverte de Mme Lesauveur, Dominique fit un faux pas qui faillit compromettre son équilibre. Sur le parquet, ses talons claquèrent. Redoutant les conséquences de sa maladresse, le commis resta immobile et, d'instinct, tourna la tête vers la porte entrebâillée. Alors, il entendit une voix aux inflexions toutes passionnées, la voix de Mme Lesauveur qui interrogeait avec une langueur d'amour :

– C'est toi, Jules?

Dominique ne mesura pas toute la portée d'une pareille question. Il comprit seulement qu'il avait troublé le sommeil de la patronne, la contrariété le rendit perplexe.

Cependant, Mme Antoine Lesauveur, menée par une tendre impatience, s'avançait déjà. Tandis que le commis dénonçait la méprise, elle parut, dans l'encadrement de la porte, vêtue d'une chemise légère, mais les joues parées des roses délicates qu'un doux émoi avait écloses, mais les yeux tout brillants d'un éclat humide. Un temps très court, ils restèrent face à face, puis Dominique, épouvanté, fit un demi-tour et courut jusqu'à la porte sans laisser à la jeune femme le temps de s'évanouir.

Sur le palier, il fit une pause assez longue pour reprendre ses esprits. Consterné, il songeait à la juste colère du droguiste, lorsqu'il apprendrait par sa femme la coupable maladresse de son commis. Honnêtement, il essaya de mesurer sa faute et évoqua l'apparition du couloir. Mais Dominique ne distinguait pas bien dans quelle mesure il était compromis par le spectacle de cette quasi-nudité. Sa frayeur empêchait qu'il en ressentît les troubles atteintes. Aussi bien, lorsque cette frayeur se fut dissipée, il se prit à considérer chastement la vision de cette jeune femme nue que la dignité patronale revêtait à ses yeux d'un voile d'innocence, couvrait du pavillon de la neutralité.

Il avait mis déjà un peu d'ordre dans ses idées et descendait les premières marches de l'escalier, lorsqu'il eut un sursaut et murmura, légèrement anxieux :

– Jules ? Mais quel Jules ?

Dominique s'assit sur une marche. Dominique connaissait bien la famille du droguiste et la famille de sa femme. Il n'y avait personne, dans l'une et l'autre, qui eût prénom Jules. Par naturelle disposition, Dominique croyait à la vertu des maîtres ; il ne douta point d'abord qu'il découvrît rapidement un Jules d'une espèce à dormir sur les deux oreilles. Mais encore... eût-il découvert un cousin ignoré, il fallait que ce Jules fût un bien grand saint pour justifier un accueil aussi dépourvu de cérémonial. Le doute s'insinuait dans le cœur de Dominique, mais ce n'était encore qu'un doute. Tandis qu'il reprenait la descente de l'escalier, la même question l'obsédait :

– Quel Jules, mais enfin, quel Jules ?

Et, en arrivant aux dernières marches, il s'essayait déjà à dépister tous les Jules possibles du voisinage. Chose curieuse, il n'y avait point de Jules dans les environs. Puis il en découvrit trois, coup sur coup : Jules Billet, le marchand de couronnes funéraires, de l'autre côté de la rue ; Jules Valin, le boucher, et Jules Moine, le cafetier ; ces deux derniers, proches voisins, ayant accès dans le couloir de la droguerie. Dominique avait fait une nouvelle halte pour méditer les chances propres à chacun des trois Jules. Finalement, il haussa les épaules, révolté par les soupçons où il s'égarait.

\*

Pourtant, lorsqu'il pénétra dans la boutique où le patron se promenait de long en large au petit pas de ses pieds souffrants, il sentit renaître toutes ses inquiétudes.

D'un geste nerveux, le droguiste saisit le sac de monnaie

pour aller en vérifier le contenu à la caisse. Le compte était juste, il jeta la monnaie dans le tiroir avec mauvaise humeur et coula un regard de méfiance irritée vers le commis qui était retourné à ses caisses de savon. Après quelques instants d'un silence menaçant, il ne put dissimuler son inquiétude. Allant à Dominique, il interrogea :

– Dominique...

– Monsieur Antoine ?

– Vous êtes resté bien longtemps là-haut. Il ne faut pas vingt minutes pour prendre un sac de monnaie.

Dominique baissa le nez sur une caisse pour dissimuler le trouble qui paraissait à son visage. Cela ne fit qu'accroître la méfiance du droguiste.

– Je vous demande ce que vous avez fait là-haut. Regardez-moi et répondez-moi.

Dominique, les joues chaudes, leva la tête et resta coi.

– Est-ce que vous avez vu ma femme ?

Dominique eut une sueur d'agonie, il voulut mentir et répondit :

– Oui, Monsieur.

Le droguiste eut un grognement furieux, il étreignit la main de son commis et râla :

– Alors, quoi, vous l'avez vue dans son lit, vous l'avez vue en chemise ?

– Oui, Monsieur.

Antoine Lesauveur se laissa aller sur une chaise, essuya son front moite. Un sourire de prière sur ses lèvres blêmes, il reprit :

– Dominique, vous ne me comprenez pas. Je vous demande si vous avez vu ma femme en chemise et vous répondez : oui, Monsieur. C'est insensé... vous ne m'avez pas compris, bien sûr.

Et comme s'il se fût agi d'une plaisanterie, il ajouta sur le ton de la jovialité discrète :

– Pendant que vous y êtes, dites-moi de quelle couleur était la chemise !

La gorge serrée, Dominique balbutia :

– Une chemise mauve, Monsieur.

Alors, le droguiste eut la vision abominable de son commis froissant la chemise mauve de Mme Lesauveur contre sa blouse de grosse cotonnade bleue. Les yeux cruels, il marcha sur Dominique, le traita de serpent, l'accusa d'avoir abusé de sa confiance pour déshonorer un commerçant honnête. Dominique, épouvanté par la méprise, eut un mouvement de révolte et, le front écarlate, jeta, dans le feu d'une vertueuse indignation :

– Monsieur Antoine, qu'allez-vous supposer! Moi, qui travaille chez vous depuis quatre ans... Me croire capable d'une chose pareille le jour où vous me donnez une augmentation!

– Serpent! éclata le droguiste. Je vous en ficherai de l'augmentation! Je vous ai accueilli chez moi pour que vous veniez salir la droguerie où mon père s'est installé en 87. De l'augmentation! Pas un sou, vous m'entendez. La prison, pour des suborneurs comme vous, le bagne... Ma femme était vierge, Monsieur, quand je lui ai donné mon nom, vierge et de bonne famille. Et il a fallu qu'un gredin de votre espèce... Ah! ah! de l'augmentation pour un homme qui a séduit ma femme, jamais.

Dominique mesura clairement la grandeur du péril où sa maladresse l'avait fourvoyé. L'avenir lui apparut dans toute son ampleur morne, sans espoir, une étendue aride où il cheminait, dans le chaos des caisses de savon et des bouteilles d'essence de térébenthine, courbé sous l'opprobre d'un péché qu'il n'avait pas consommé, à jamais interdit du frais délice des augmentations de salaire et des gratifications de fin d'année. Comme il n'était pas amoureux, il renâcla sur le chemin du martyre et, dans un élan d'instinctive défense, cria au droguiste :

– Monsieur Antoine, ce n'est pas moi, c'est Jules!

Il y eut tout de suite suspension des hostilités. Le droguiste, oppressé, sentait vaciller sa raison. Cachant son visage dans ses mains, il demeura silencieux quelques instants. Lentement, il releva la tête, et d'une voix terne, sans accent, murmura :

– Jules ? mais quel Jules ?

– Je ne sais pas, Monsieur.

Le droguiste enveloppa Dominique dans un regard soupçonneux. Il dit sévèrement :

– Dominique, n'essayez pas de me raconter une histoire. Ce ne serait pas le moyen d'obtenir une augmentation, je vous préviens.

Ainsi, le mouvement de la discussion conduisait le commis à soutenir l'accusation d'adultère. Il crut habile de préluder au récit de son aventure par une protestation désintéressée.

– Ah ! monsieur Antoine, dit-il, il s'agit bien d'augmentation !

Le droguiste en fut très ému, son regard devint affectueux, il soupira :

– Oui, vous dites bien, mon brave Dominique : il ne s'agit pas d'augmentation. Mais racontez-moi comment vous avez vu...

– Je venais de prendre le sac de monnaie. Je marchais dans le couloir sur la pointe des pieds et c'est après avoir dépassé la porte entrouverte de Mme Lesauveur que j'ai fait un faux pas. Mme Lesauveur a entendu le bruit, et c'est à ce moment-là qu'elle a demandé : « C'est toi, Jules ? »

– Cré Dieu, gronda le droguiste.

– En même temps, elle s'est avancée sur le pas de la porte, en chemise...

– Alors, c'est vrai ? Vous l'avez vue en chemise ?

Dominique eut un sourire d'humilité et murmura doucement :

– Oh ! monsieur Antoine, ça ne fait rien. C'était moi, Dominique. Et puis, je me suis sauvé tout de suite.

Avec lucidité, le droguiste examina le commis, dont l'allure dégingandée et sage d'enfant de chœur adulte parut le convaincre, qu'en effet, ça ne prouvait rien. Antoine Lesauveur eut un instant la tentation généreuse de disculper sa femme aux yeux de Dominique, en invoquant qu'il attendait un cousin Jules, mais sa passion de la vérité lui arracha une exclamation rageuse :

– Quel Jules, bon Dieu, je n'en connais pas, moi, de Jules.

– Il y en a pourtant dans le voisinage, suggéra Dominique.

Comme il parlait, un client pénétra dans la boutique. C'était un familier : la main tendue, il vint à Antoine Lesauveur qui le salua distraitement :

– Bonjour, Jules.

Sitôt qu'il eut dit, le droguiste eut un mouvement de recul et considéra Jules Moine d'un regard angoissé. Il lui trouva un air satanique. Le cafetier Jules Moine, dont le débit était contigu à la droguerie, semblait parfaitement à l'aise. Il fit l'achat d'une boîte d'encaustique et sortit avec son emplette après avoir serré la main du droguiste qui répondit à son salut en murmurant d'une voix accablée :

– Au revoir, Jules.

Il fit quelques pas derrière lui, puis, venant à Dominique, s'écria :

– Qu'est-ce que vous pariez que ce cochon-là est venu pour voir si j'étais là, pour s'assurer que l'escalier du premier étage était libre. En tout cas, je lui ai fait payer sa boîte d'encaustique dix sous de plus. Croyez-vous, ce cochon-là, un ami d'enfance...

– On ne peut pas dire, fit observer Dominique. Il y a d'autres Jules.

– Bien sûr, convint le droguiste, bien sûr. Je parierais que la rue en est pleine, de Jules...

Peu à peu, ses soupçons se fixèrent, il dit au commis :

– C'est égal, il y a tout de même des chances pour que ce soit ce cochon de Jules Moine. Il avait un air... Tenez, j'en mettrais presque ma main au feu. Dominique, si c'est lui, il

ne s'est douté de rien. Attendez un moment, et puis vous
monterez au premier étage sous prétexte d'aller chercher
mes lunettes. Vous marcherez sans bruit et vous tâcherez de
savoir ce qui se passe...

– Oui, Monsieur.

★

Dominique reprit le chemin qu'il avait parcouru une
demi-heure plus tôt. En s'engageant dans le couloir, il vit
que la porte de Mme Lesauveur était largement ouverte et
décida qu'il passerait très vite pour gagner la salle à manger.
Mais le hasard contraria ses projets, car Dominique se trouva
nez à nez avec l'épouse coupable qui sortait de sa chambre.
La situation pouvait être embarrassante pour lui, si la jeune
femme n'avait pris une initiative assez hardie. Elle serra
Dominique dans ses bras et l'entraîna chez elle pour
détruire, disait-elle, le mauvais jugement qu'il avait pu
former de sa vertu. Dominique résistait honnêtement, mais
la politesse qu'on doit aux patrons empêchait qu'il y mît
toute sa vigueur. Trois quarts d'heure plus tard, il quittait la
chambre et la jeune Mme Lesauveur l'accompagnait jusqu'à
la porte en murmurant :

– Vous le voyez bien, grand benêt, je n'aime que vous.

Cependant, le droguiste guettait anxieusement le fond de
la boutique. Lorsque Dominique apparut, il interrogea
d'une voix avide :

– Alors ?

– Je n'ai rien vu, monsieur Antoine. Je n'ai pas osé rester
plus longtemps.

Antoine Lesauveur hocha la tête, pensif, vint à sa rencontre et lui toucha l'épaule avec amitié :

– Mon pauvre Dominique, je comprends qu'une pareille
surveillance ne vous amuse pas...

– Oh! monsieur Antoine...

– Non, non, ne protestez pas, je vois bien que cela vous

ennuie. Et il faut tout le dévouement que vous me portez pour vous y décider. Dominique, je vous le disais tout à l'heure, je suis très satisfait de votre travail et je vous sais si attaché à la maison que j'ai décidé de vous augmenter de cinquante francs par mois.

Dominique s'inclina sans mot dire, le visage empourpré par l'émotion.

— Et maintenant, reprit le droguiste, écoutez-moi. Je ne suis pas surpris du tout que vous n'ayez rien vu. J'ai bien réfléchi à la question et il me semble que Jules Moine ne peut pas être le coupable. Ce n'est qu'une impression, direz-vous. Bien sûr, mais il y a cinq minutes, Jules Valin est venu m'acheter une brosse en chiendent. Je ne serais pas étonné qu'en sortant d'ici, vous m'entendez bien... Dominique, si j'osais, je vous demanderais de remonter dans un quart d'heure?

— Pour vous servir, monsieur Antoine, consentit Dominique avec une hypocrisie encore mal assurée.

# Le monument

Les hommes n'en étaient pas encore aux canotiers ni aux panamas, mais les femmes arboraient déjà des chapeaux de paille, et Mme Grindor, la femme de l'avocat, dont la peau était d'une blancheur exquise, s'abritait sous une ombrelle des ardeurs du soleil d'avril. Au Grand Carrefour, des buveurs de bière s'attardaient à la terrasse du Café National, égayée par les culottes rouges et les dolmans bleu ciel des officiers de hussards et les toilettes tapageuses des sœurs Parisot, les deux cocottes les plus en vue de la ville de Blémont. Ayant réglé son bock et laissé deux sous de pourboire au garçon qui le remercia longuement, Jules Frévière décida d'attendre encore quelques minutes avant de partir pour son rendez-vous. Dans l'état de nervosité où il était depuis la veille, il avait quitté son domicile un bon quart d'heure trop tôt et dû s'arrêter en route au National pour laisser couler le temps. Il aimait d'ailleurs le luxe de cet établissement, ses guéridons de marbre, ses plantes vertes, les senteurs de sciure, de cigare et d'eau de Cologne qu'on y respirait. Sauf peut-être les jours de foire, la clientèle était des plus distinguées. Le voisinage des officiers de hussards lui plaisait particulièrement. Il admirait surtout leur façon de regarder les pékins sans paraître les voir, un peu comme s'ils regardaient à travers.

Enfin, la minute venue, Frévière se leva, passa la main

sous ses basques pour en assurer la retombée et, traversant le Grand Carrefour, s'engagea dans la rue Principale. Il se raidit contre la tentation de regarder son image dans la vitrine du chapelier, mais n'y résista pas devant celle du libraire. Feignant de s'intéresser au portrait en couleurs de Poincaré, le nouveau Président de la République française, il examina sa propre silhouette. Dans la glace sans tain, elle apparaissait incomplète, avec des vides et des transparences, et terne, grisâtre, comme mangée aux mites. Elle ne lui en procura pas moins une vive satisfaction qui lui chauffa les pommettes. Il se trouva d'une correction irréprochable, avec quelque chose de sobre, de distingué, qui rappelait le chic anglais. A cet égard, ses bottines à boutons et ses gants de peau glacée, d'une même couleur jaune clair qui mettait en valeur sa jaquette grise et son pantalon rayé, constituaient une réussite. Et son épingle de cravate en métal argenté figurant un crocodile piquait sur l'ensemble une note alerte, pimpante. Lorsqu'il reprit son chemin, Frévière était sûr de faire une bonne impression et de gagner la partie. Ces gens du monde et ces hautes personnalités de Blémont n'avaient pas le moindre prétexte à invoquer pour évincer un homme honorable, bien vêtu et, malgré la modestie de ses origines, pouvant se prévaloir d'une parenté glorieuse. Il était tout à l'optimisme lorsqu'il aperçut, venant à sa rencontre, M. Bornier, son propriétaire, qui montait la rue Principale dans son cabriolet. Leurs regards s'étaient croisés. Bornier, serrant sur sa droite, arrêta son attelage au bord du trottoir. Frévière vint à lui, l'air empressé, et salua d'un grand coup de chapeau melon.

— J'allais chez vous, dit Bornier d'un ton hargneux en touchant le bord de son chapeau avec le manche de son fouet.

— Justement, Monsieur Bornier, je me préparais à vous écrire. J'attends des rentrées d'argent pour le début du mois.

— Bref, vous me remettez encore. Le 15, vous m'avez

renvoyé à huit jours et maintenant, c'est au début du mois.
Prenez garde, ma patience a des limites et vous n'avez que
trop tiré sur la corde.

Comme Frévière protestait de ses bonnes intentions,
l'autre le toisa et dit en ramassant ses guides :

– Mazette, vous êtes vêtu comme un milord.

Il eut un petit rire maussade et, sans autre adieu, remit
son cheval en marche. Frévière salua encore un coup, mais
la voiture n'était déjà plus là. Il s'éloigna humilié et soudain
mal à l'aise dans son harnais neuf. La réflexion du propriétaire l'avait démonté et le souvenir de sa propre attitude le
troublait. Sa jaquette, ses gants de peau, ses bottines, tout ce
coûteux ensemble pour lequel il venait de débourser plus
de quatre-vingts francs, ne l'avait pas soustrait à l'injure de
sa condition. Ce Bornier, qu'on disait riche à près de trois
cent mille francs et qui vivait sur un pied d'au moins
quatre cents louis par an, était justement un homme de
l'espèce qu'il allait affronter chez la marquise. Entre eux
deux, les distances avaient surgi au premier contact, Bornier rogue, allant droit au fait et lui, Frévière, humble,
respectueux, empressé sans même y songer. Une répétition
de ce qui allait se passer là-bas, voilà ce qu'avait été leur
rencontre. A quoi bon chercher à s'abuser. La marquise, le
maire, le curé, le notaire, le colonel et les autres savaient
déjà à quoi s'en tenir sur sa profession, ses revenus et ses
relations, sans compter le reste. La jaquette ne relèverait
pas à leurs yeux ce métier de paria consistant à parcourir à
bicyclette la campagne environnante pour y placer des
boîtes de biscuits d'une marque encore inconnue. Avec
dégoût, il se rappela les routes boueuses ou poussiéreuses,
interminables, les trous, les bosses, les flaques d'eau, les
crevaisons, les montées, le vent qui coupe la figure, et les
épiciers campagnards, soupçonneux, hostiles, entêtés sur
une marque ou rognant sur le prix. Il y avait tant de
métiers si jolis. Ce capitaine de hussards, traversant la rue
Principale, sa cravache sous le bras, on n'avait pas besoin

de le connaître par son nom pour lui accorder estime et considération. Sans compter qu'il devait être noble. Dans la cavalerie, les officiers l'étaient tous. A eux les honneurs, le bleu ciel, les réceptions, les monocles, les femmes du monde, l'argent, la vraie vie. Frévière rêva un moment qu'il était capitaine de hussards. Petit, mince et sec, il en avait le format. Du reste, il avait servi dans les chasseurs à cheval en 89 et, en rengageant, aurait pu devenir brigadier, plus tard maréchal des logis – ce qui n'était pas si mal, puisque dans la cavalerie, il y en avait qui s'en contentaient. Au lieu de quoi, il était rentré dans le civil pour être successivement gratte-papier à la sous-préfecture, vendeur aux magasins Triel, commis chez un agent d'assurances, représentant en machines à coudre, employé de banque, caissier à la fabrique, enfin placier en biscuits, sans parler des divers emplois qui l'avaient rebuté après un essai de quelques semaine ou de quelques mois. Partout où il était passé, il avait fini par indisposer les patrons et s'attirer l'hostilité des employés. Les uns et les autres lui reprochaient d'être trop zélé, trop entreprenant et, prétentieux, de ne pas se tenir à sa place. Les imbéciles ne supportent pas la supériorité d'un homme que la chance ne favorise pas. Souvent il avait pensé à quitter cette ville de Blémont où il était trop connu, où le souvenir de sa famille pauvre et de sa jeunesse pénible reléguait dans une obscurité malveillante l'éclat de son mérite. Il aurait voulu aller tenter la fortune à Lyon ou à Paris, mais le manque d'argent et ses charges trop lourdes le tenaient prisonnier. La bêtise qu'il avait faite en épousant une lavandière le suivrait jusqu'au bout de sa vie, car son mariage avec cette fille d'ouvriers n'avait pas manqué de le desservir non plus. Sa femme était, moins que personne, capable de le comprendre. Les ouvriers n'ont pas d'idéal et elle était bien du milieu où elle était née. Fraîche et bien en chair au temps de ses vingt ans, son embonpoint avait pris une importance roturière et, comble de disgrâce, elle ne pouvait mettre un chapeau sur sa tête sans être grotesque. Un homme comme lui aurait pu prétendre à une femme au moins sortable, ne fût-ce que pour aller s'asseoir à la terrasse du National, les soirs d'été, quand l'orchestre jouait le *Corso Blanc* ou la *Veuve Joyeuse*, et fredonner en sourdine avec les clients : *Heure exquise... Qui nous grise...*

Il avait quitté la rue Principale et suivait une rue étroite et silencieuse. La vie des maisons semblait s'être retirée dans les jardins qui laissaient entrevoir leurs frondaisons par quelques échappées. A mesure qu'il se rapprochait de la rue Saint-Éloi où demeurait la marquise, Frévière sentait ses chances diminuer. Soudain il devint écarlate, ses yeux s'arrondirent et son cœur se mit à battre à grands coups. Dans la ruelle déserte, à quinze ou vingt pas, sous un porche, une jeune femme élégamment vêtue découvrait sa jambe jusqu'au mollet. La main droite, engagée sous la jupe qu'elle n'osait relever plus haut et la gauche tâtonnant sous l'étoffe, elle s'efforçait vraisemblablement de rattacher sa jarretelle. Une fine dentelle blanche moussait au retroussis de la jambe, moulée dans un bas de fil noir, qui se détachait sur la peinture claire d'une porte cochère. Troublé par cette vision bouleversante, Frévière sentait son regard adhérer au mollet cambré qui bandait la couture du bas et ses yeux mêmes s'échapper de sa tête. La jeune femme, ayant entendu son pas, tourna vers lui un visage traqué et il reconnut alors Mme Courtemain, femme du docteur Courtemain et fille de Triel, le propriétaire des grands magasins où il avait été vendeur autrefois. Elle rabattit sa jupe avec précipitation et s'éloigna moins vite qu'elle n'eût souhaité, d'un pas court, sautillant, bridé par le bas de sa robe fourreau, qui dissimulait maintenant ses bottines. Son sac de perles pendu à son avant-bras, son parapluie accroché à l'autre poignet, elle eut, de ses deux mains gantées de mitaines, un geste gracieux pour assurer son grand chapeau vert sur lequel roulait une grosse plume d'autruche et dont l'un des bords touchait presque la pointe de son épaule. Frévière marchait derrière elle et ne la quittait pas des yeux. Il voyait encore la jambe sous la robe, il voyait les deux jambes, les suivait au-delà du genou, s'égarait sous les festons brodés. Même, il imagina la jeune femme dépouillée de sa jupe et le pantalon ouvert bâillant sur un abîme voluptueux qui, chez cette dame de la haute société blémontoise, se parait d'un mystère de coffre-fort. Même Courtemain, qui entendait marcher derrière elle un homme au pas saccadé, sembla prendre peur et se jeta dans une rue latérale. Frévière retrouva son sang-froid. Il se reprocha les imaginations révoltantes auxquelles il venait de se complaire. Ce n'était pas qu'il fût le moins du monde puritain. La semaine passée, par exemple, il s'en était payé avec l'épicière d'un hameau des environs, qu'il avait culbutée dans son arrière-boutique, sans toutefois parvenir à lui placer une boîte de biscuits. C'était là une de ces femmes du commun auxquelles il était permis de penser sans aucune précaution. Même les plus jolies n'avaient pour elles que d'être des femmes, et peut-être un peu, la morale. Il en allait autrement de celles dont la naissance, l'éducation, la fortune, avaient fait des créatures précieuses. Élevées au couvent, sachant jouer du piano et faire de la tapisserie, leurs manières exquises les suivaient au lit comme dans les salons. D'ailleurs, les hommes du monde s'y prenaient avec elles de façon à ne jamais leur faire sentir vraiment qu'elles commettaient l'acte. Chez les Courtemain comme chez les Jeandot ou les Valloton, l'étreinte, consommée avec un tact infini, devait passer presque inaperçue, comme une simple allusion au cours d'une conversation. Frévière avait toujours pensé que les hommes de condition possédaient un sexe de dimensions très réduites, tout en nuances, et pouvaient ainsi honorer les dames sans heurter la délicatesse de leurs sentiments. Il y avait donc de la bassesse et de la déloyauté à imaginer qu'on disposait des dessous de Mme Courtemain et de ses pareilles. C'était presque aussi sale que de penser à des coucheries avec Lakmé ou avec Mignon. Pourtant Frévière n'arrivait pas à chasser de son esprit l'image de la jambe. Avec un peu de tristesse il songea aux privilèges du docteur Courtemain, un homme assez mal bâti, la figure de travers, qui s'efforçait de cacher sa laideur sous une épaisse barbe noire. Il lui semblait qu'auprès de Mme Courtemain, il réussirait aussi bien que le docteur et qu'en dépit de sa verge d'homme du peuple, il saurait se faire agréer à force d'enjouement, de discrétion et de douceur persuasive.

Toutes ces mauvaises pensées l'abandonnèrent lorsqu'il arriva, rue Saint-Éloi, en vue de l'hôtel de la marquise. Il se fit d'ultimes recommandations, comme de ne pas tripoter sa moustache, de surveiller ses liaisons et de donner à entendre qu'il était à fond pour la calotte et le service de trois ans. Brusquement, la calme rue Saint-Éloi s'emplit d'un vacarme de voix aiguës. Il était quatre heures et une partie des classes de l'école communale de la rue voisine s'écoulait par là. De loin il reconnut son fils Gustave, un garçon de onze ans, en casquette et en tablier noir. Lorsque le père fut à la porte de l'hôtel, les gosses n'en étaient plus qu'à quelques pas, mais Gustave, resté un peu en arrière, avait tourné le dos et feignait de s'absorber dans la lecture d'un cahier. A n'en pas douter le gamin l'avait vu, car leurs regards s'étaient rencontrés et il avait rougi. Frévière fut un peu peiné, mais non pas surpris, sachant bien pourquoi Gustave l'évitait. « Il a honte de moi devant les autres, il me trouve trop bien habillé. »

Dans l'ensemble, les invités de la marquise se montraient hostiles à l'idée d'accueillir Jules Frévière au sein du Comité du monument. Le maire fit ressortir, à la satisfaction générale, que l'épouse de ce Frévière, une matrone forte en gueule, n'était pas la distinction même et que sa présence aux premiers rangs de la tribune d'honneur paraîtrait déplacée. Seul, le colonel de Heuzières de Sarlac, commandant le régiment de hussards, semblait vouloir réserver son opinion. Il saisissait à peu près les raisons de principe qui inspiraient l'attitude des invités, mais étant étranger à la ville, ne pouvait les suivre dans les détours de la réalité. Par exemple, il se refusait à comprendre pourquoi le comité d'honneur du monument, ayant accepté de compter parmi ses membres Alfred Gobillot, épicier en gros, répugnait si fort à y voir figurer ce monsieur Jules Frévière qui, après tout, avait des titres plus solides que le négociant. Comme l'affaire ne lui tenait pas très à cœur, il aurait probablement gardé ses objections pour lui si une intervention de l'épicier n'était venue soudain durcir ses scrupules.

– Onze métiers, treize misères, prononça M. Gobillot. A l'heure qu'il est, il est représentant des biscuits Sorlin pour la région. Ça ressemblerait à quelque chose s'il représentait une bonne marque. Mais les biscuits Sorlin, laissez-moi rire.

Il se mit à rire, en effet. Sur quoi le colonel de Sarlac demanda si, oui ou non, M. Jules Frévière appartenait à la même famille que le général. Le ton de la question, très sec, consterna l'assemblée. Le maire fit les gros yeux à l'épicier qui rougit jusqu'à la cravate. La marquise, les yeux gais, sa vieille face de chèvre plissée par l'ironie, regardait le nez de sa bottine, qui dépassait de sa jupe de satin violet. Jugeant qu'il lui appartenait d'apaiser le colonel, les membres se tournaient à elle avec des visages déférents.

– Colonel, il y a dans cette affaire des finesses qui nous dépassent quelque peu, dit-elle avec un accent de douceur complice. Pour ma part, j'avoue n'y voir pas bien clair et pourtant, j'y sens quelque chose d'infiniment sérieux. Monsieur le Curé vous dirait beaucoup mieux que moi à quoi peuvent tenir, dans une petite ville comme la nôtre, le niveau moral et la santé des esprits.

– Rien n'est plus vrai, s'empressa le chanoine Martin. A cet égard, l'exemple des honnêtes gens et, par conséquent, le choix des personnes auxquelles la bonne société accorde sa considération sont d'une importance capitale.

– On ne saurait mieux dire, approuva la marquise. Bien

entendu, Colonel, votre question n'en appelle pas moins une réponse avertie. Sur ce point, je crois que nul d'entre nous n'est plus qualifié que Maître Jeandot pour vous éclairer.

Le colonel regarda Maître Jeandot avec un air de bonté gracieuse. Le notaire devint blanc de haine et de fureur. L'avant-veille il était allé se plaindre à lui de ce qu'un capitaine du régiment de hussards fût l'amant de sa femme. Emporté par la jalousie et l'indignation, il avait très mal parlé des hussards et le colonel avait répondu que, les femmes du monde étant peu nombreuses dans la garnison, ses officiers étaient bien obligés de prendre leurs maîtresses où ils pouvaient.

– Comme tant d'autres officiers, commença Maître Jeandot, le général Frévière était de très basse extraction. Né en 1830 dans la rue des Ursulines où son père était établi serrurier, il avait pour cousin germain le grand-père de ce Monsieur Jules Frévière dont nous avons à nous occuper aujourd'hui. Vespasien Frévière, le cousin germain en question, ne devait jamais rien faire de bon dans l'existence. Journalier, il travaillait irrégulièrement et s'adonnait surtout à la boisson. Il avait d'ailleur servi en Afrique dans la cavalerie légère.

Cette dernière remarque s'accompagna d'un léger ricanement nasal, à peine perceptible, mais qui soutenait l'intonation acide de la voix. Le colonel sentit la moutarde lui monter au nez.

– En somme, dit-il en scandant les dernières syllabes, la parenté est incontestable.

Maître Jeandot eut une légère inclinaison du chef et un éclair de gaieté brilla dans son lorgnon. Les membres n'avaient pu comprendre le jeu du notaire, mais s'alarmaient de voir le colonel rester sur ses positions. Sa fermeté parut impressionner la marquise. Sentant le péril, le maire prit la parole.

– Mon Colonel, la parenté est en effet incontestable. Mais

ce qu'il faut savoir, c'est qu'il y a seulement huit jours, ce Monsieur Jules Frévière ignorait encore qu'il était un arrière-petit-cousin du général et il a fallu qu'un hasard le lui apprenne. Du reste, le général lui-même, ayant quitté la ville à l'âge de trois ans pour n'y plus revenir, ne s'est jamais soucié, au cours de sa longue carrière, de savoir s'il y avait laissé de la famille. Dans ces conditions, notre M. Jules Frévière me paraît mal venu de se réclamer d'une parenté aussi lointaine.

– Pourquoi donc ? Le général Frévière, si je comprends bien, s'est comporté avec la même indifférence à l'égard de sa ville natale et celle-ci ne lui en élève pas moins une statue.

Les membres parurent très frappés par la pertinence de cette remarque et la plupart d'entre eux en furent blessés. Au silence qui suivit, le colonel de Sarlac jugea qu'il était allé trop loin. D'ailleurs satisfait de son avantage, il laissa entendre qu'au fond, toute cette affaire lui importait fort peu. Un murmure de détente courut sur les fauteuils. L'accord s'étant ainsi établi, la marquise donna l'ordre à un domestique d'introduire M. Jules Frévière.

On vit apparaître à la porte du salon un petit homme maigre, sanglé dans une jaquette grise, serrant dans sa main gauche une paire de gants neufs. Avec ses cheveux cosmétiqués, sa moustache cirée, sa figure mince et osseuse dont les angles accrochaient la lumière, il brillait comme un scarabée et son aspect ne déplut pas au colonel, ni même à la marquise. Toutefois, elle ne put se résoudre à lui tendre la main et comme il s'inclinait en la priant d'agréer ses hommages, elle salua d'un léger coup de menton, qu'elle appuya d'un mouvement de cils.

– Monsieur Frévière, dit-elle, je vous sais gré d'être venu jusque chez moi. J'ai réuni ces messieurs et je vous ai fait prier, justement, pour que vous puissiez, selon vos vœux, vous entretenir avec le comité de votre démarche.

En s'asseyant dans le fauteuil qui lui était désigné, le

nouveau venu jeta sur le cercle des invités un regard luisant d'appréhension. Au premier coup, il n'aperçut qu'une profusion de barbes, de lorgnons et de chaînes de montre s'offrant dans un ordre confus. Son trouble se dissipa et les lorgnons et les barbes prirent tout leur sens. Les membres avaient des visages froids, inexorables. Il voulut croire que le bon ton imposait ces airs compassés et qu'on l'attendait justement à ses propos et à ses manières pour décider s'il était digne d'entrer au comité.

– Avant tout, dit-il, je tiens à remercier Madame la marquise et le comité tout entier d'avoir bien voulu se réunir pour examiner ma demande et je me déclare prêt à répondre loyalement et sans arrière-pensée aux questions qui pourraient m'être posées.

La marquise assura qu'elle était touchée de sa bonne volonté, mais d'un ton où perçait une aimable ironie. Les autres membres restèrent muets et immobiles. Frévière commençait à perdre aplomb, se demandant comment il avait pu être si simple de croire qu'il allait siéger au comité parmi les gens les plus haut placés de Blémont, ayant domestiques, téléphone et piano à queue et abonnés à *l'Illustration*, lui qui n'avait ni biens, ni terre, ni place, ni caveau de famille. Il allait être éconduit et au fond, c'était dans l'ordre.

– J'ai pensé qu'en ma qualité de parent du général, je pouvais me rendre utile d'une façon ou de l'autre.

– C'est une pensée qui vous honore, répondit le maire, mais en toute sincérité, je ne vois pas comment vous pourriez vous rendre utile. Le monument est en voie d'exécution, la date de l'inauguration est presque fixée et les invitations sont déjà lancées. Étant donné que le comité est constitué depuis six mois, il n'est pas possible de lui adjoindre, au pied levé, un membre nouveau. Ce serait ouvrir la porte à d'autres réclamations qui ne sont pas plus recevables que la vôtre.

Il était liquidé. Sur les fauteuils, il y eut un remuement

satisfait de barbes, de ventres, de bottines. Gobillot, l'épicier en gros, lui dit d'une voix bonasse :

– Laissez donc tout ça tranquille, Monsieur Frévière. Ce n'est pas ce qui peut avancer vos affaires.

– Ce n'est pas non plus pour avancer mes affaires que j'ai demandé à faire partie du comité, répliqua Frévière. Il n'y a pas que les affaires qui comptent.

– Je suis tout à fait de votre avis, déclara le colonel.

Le maire fit encore une fois les gros yeux à l'épicier, mais Frévière, fort de l'appui du colonel, saisissait l'occasion de reprendre pied.

– J'estime qu'à l'heure actuelle où les idées les plus dangereuses sont en train de faire leur chemin, il y a bien des choses à faire passer avant les affaires.

Le colonel approuva du chef, la marquise aussi, tandis que maître Jeandot faisait la moue. Les autres gardaient un silence prudent, se demandant où voulait en venir ce Jules Frévière.

– Ce n'est pas pour avancer mes affaires ni pour me mettre en avant que j'ai voulu faire partie du comité. Mais je considère le général Frévière comme un de nos plus grands hommes et moi qui élève mes deux fils dans l'amour de la patrie et dans l'espoir de la revanche, j'aurais voulu les faire participer de plus près à l'hommage qui va être rendu à la mémoire d'un héroïque officier et d'un patriote clairvoyant.

La marquise et le colonel de Sarlac échangeaient des coups d'œil et des coups de menton, mais les membres restaient réservés.

– Je le disais hier soir à mon fils aîné, un grand garçon de dix-sept ans : Si le général Frévière était encore du monde, il saurait faire entendre au pays la voix du bon sens et ne se laisserait pas intimider par des Jaurès et autres politiciens de bas étage qui cherchent à faire le jeu des Prussiens en combattant le service de trois ans.

– Parbleu! s'écria le colonel.

Il s'était soulevé, les fesses décollées du fauteuil, le buste jailli en avant et promenait sur les pékins un regard si impérieux qu'une demi-douzaine d'entre eux se dégelèrent. Ils parlèrent de la loi de trois ans et, plus généralement, de l'actualité politique. Frévière, en flétrissant l'athéisme et l'impôt sur le revenu, trouva des accents si élevés que certains des membres commencèrent à perdre de vue qu'il n'avait ni fortune, ni caveau de famille. Sans être absolument dupes et tout en faisant la part de l'opportunisme dans ses professions de foi, ils l'écoutaient avec plaisir. Bientôt, le notaire Jeandot fut le seul à laisser percer sa mauvaise volonté à l'égard du candidat. L'amour de Jules Frévière pour les militaires et surtout l'intérêt visible qu'il inspirait au colonel de Sarlac l'indisposaient au point de lui inspirer des réflexions presque hostiles au service de trois ans. Le colonel finit par le remettre vertement à sa place et, s'étant ainsi échauffé, se pencha vers la marquise pour lui parler à mi-voix de l'excellente impression que lui faisait le cousin du général. Pourquoi ne serait-il pas des nôtres? disait-il. Nous avons bien accueilli un épicier en gros et un notaire antimilitariste. La marquise se laissa toucher par ces arguments et, à plusieurs reprises, adressa au postulant quelques paroles aimables. Son attitude n'échappa ni au maire ni au curé qui craignaient de la mécontenter. Maître Jeandot, les traits crispés, épiait les signes d'un revirement du comité. Alors que le colonel se disposait à intervenir à haute voix en faveur de Frévière, il le devança en déclarant :

– Il semble que le comité perde de vue le véritable objet de notre réunion. Certains d'entre nous paraissent impressionnés par le lien de parenté existant entre M. Jules Frévière et feu le général. Mais j'ai le devoir de vous faire connaître que le général compte dans la ville trois autres petits cousins qui sont : Anselme Frévière, manœuvre à la fabrique, Léon Frévrière, charretier aux grands moulins, et le troisième, Jean Barillet, garçon de café au Commerce.

– Évidemment, fit observer le maire, si nous acceptons parmi nous M. Jules Frévière, il n'y a aucune raison d'écarter les trois autres.

– Songez, reprit le notaire, qu'entre autres personnalités, nous aurons le sénateur et l'archevêque. Voyez-vous Monseigneur de Villebouin présentant ses compliments à un charretier ou à un garçon de café?

L'évocation fit sourire les membres. Jules Frévière sourit à son tour, par lâcheté et pour montrer qu'il n'était pas insensible, lui non plus, à l'humour que pouvait comporter une pareille éventualité. Il eut ensuite un soupir de détresse. Cette fois, la pièce était jouée. La marquise s'était ressaisie, et le colonel lui-même, malgré son désir de contrarier le notaire, jugeait maintenant la cause indéfendable. Profondément soulagés, les membres échangeaient des coups d'œil significatifs.

– Monsieur Frévière, le Comité, à son grand regret...

Frévière entendit à peine les paroles du maire. Il ramassait ce qui lui restait de force et de moyens pour prendre congé et faire une retraite digne qui laisserait peut-être un remords aux membres du comité. Ce souci de dignité le tenait encore cambré lorsqu'il se retrouva dans la rue, mais ne tarda guère à l'abandonner. La fièvre glorieuse qui l'avait secoué pendant toute une semaine était tombée avec ses espérances. Le comité refusait de consacrer sa parenté avec le général. Le jour de l'inauguration du monument, il ne trônerait pas dans la tribune d'honneur à la face de la population blémontoise. Membre, il aurait pu déployer dans la ville une activité brillante, paraître au Café National en compagnie du notaire et du colonel, rédiger des invitations, promettre des places, discuter le programme de l'inauguration ou encore, rencontrant quelque connaissance, lui dire d'un ton affairé : « Mon cher, excusez-moi, mais je vais voir où en sont les travaux pour la statue de mon cousin. » En ces huit derniers jours, il avait songé plus d'une fois à des situations de ce genre et

au parti avantageux qu'il en pourrait tirer. Tout s'éva-
nouissait. L'échappée entrouverte sur des perspectives flat-
teuses se refermait aussitôt. Il retombait dans l'ornière
d'une vie terne, besogneuse. Il n'était plus rien. La
jaquette et les gants de peau glacée devenaient des orne-
ments dérisoires. Frévière eut envie de pleurer et rêva un
instant que les membres, témoins de son chagrin, en
étaient bouleversés et se hâtaient de revenir sur leur
décision en lui prodiguant des attentions affectueuses.
L'idée de ce retour et de ces effusions l'émut lui-même si
vivement que des larmes roulèrent sur ses joues. En les
essuyant, il eut honte de s'être complu à d'aussi humilian-
tes suppositions et songea qu'en réalité, ses larmes auraient
inspiré au maire ou au notaire beaucoup plus d'ironie que
de compassion. Ces réflexions éveillèrent en lui un sentiment de rancune contre les membres du comité. Il se
souvint avec plaisir des bruits qui circulaient sur la vertu
de Mme Jeandot, l'épouse du notaire, et sur l'origine de la
fortune de Valloton, le maire de Blémont. L'idée qu'il
était victime d'une injustice l'effleura sans qu'il osât s'y
arrêter, mais il écarta le préjugé favorable qu'il avait
nourri jusqu'alors, selon lequel les membres du comité
et leurs pareils auraient été d'une autre essence que la
sienne.

En entrant chez lui, Frévière vit d'abord la croupe de sa
femme agenouillée sur le carrelage du couloir qu'elle
lavait à grande eau. Elle n'avait pas entendu la porte
s'ouvrir et continuait à frotter avec sa brosse de chiendent.
Prise dans un jupon rose, sa croupe s'arrondissait sur ses
talons en une énorme coupole. Un moment il resta immobile à considérer avec malveillance cet épanouissement
dans lequel il voulait voir encore l'une des causes de son
échec. Au fond du couloir, une porte s'ouvrit et, dans
l'entrebâillement, apparut Eugène, l'aîné des deux fils, un
garçon de dix-sept ans, d'une gravité au-dessus de son âge.
Élève de première au collège de Blémont où il avait une

bourse de demi-pensionnaire, il donnait toute satisfaction à ses maîtres et était l'orgueil de Frévière qui comptait faire de lui un officier. D'un signe de tête, il s'enquit du résultat de l'entretien et un signe de tête lui répondit, négatif. Il en eut une très vive déception qui parut à sa mine consternée. Devinant la présence de son mari, Marthe Frévière avait tourné la tête et compris la réponse. Elle se leva et dit, en essuyant ses grosses mains rouges à son tablier :

— Alors, ils t'ont envoyé coucher, hein, tous tes beaux messieurs? Je te l'avais assez dit? Ah! ça t'aurait fait une belle jambe d'être du comité! C'est ça qui aurait fait rentrer de l'argent à la maison, oui!

— C'est bon, grommela Frévière. Dans la vie il n'y a pas que l'argent qui compte.

— Bien sûr, ricana Marthe, ce qui compte c'est de faire son monsieur en jaquette. Mais moi, quand je vais en commission, l'épicier ne s'occupe pas de savoir comment mon époux porte la toilette, ni le boucher non plus. Ce qui les intéresse, c'est d'être payés. Et ce n'est pas de perdre tes journées à des histoires de comité qui va nous donner à manger. Tu aurais pourtant dû penser...

Craignant d'être pris à témoin par sa mère, Eugène avait disparu. Frévière, outre qu'il n'était pas d'humeur à disputer, jugeait la partie trop belle pour sa femme. Il cria que sa maison devenait un enfer, qu'il n'en pouvait plus de vivre avec une créature sans idéal et, ouvrant une petite porte qui donnait sur le couloir, descendit par un escalier de quatre marches jusqu'aux cabinets où il s'enferma. Pendant qu'il urinait dans la cuvette, Marthe lui parla à travers la porte.

— Jules, je n'ai pas voulu te vexer, tu sais bien, mais tu sais aussi les ennuis qu'on a à cause de l'argent. Le loyer en retard, les soixante-dix francs qu'on doit à ma sœur qui me les a encore réclamés ce matin. Je sais bien que ça t'aurait fait plaisir qu'ils te prennent dans leur comité. D'un côté, j'aurais été contente aussi mais tu as beau dire, les cérémonies, c'est toujours des occasions de dépenser. Et puis, Jules, écoute, tu ne te rends pas compte. Nous autres, qu'est-ce qu'on a à faire avec ces gens-là ?

Ces paroles étaient justement de celles qu'il avait voulu fuir. Par vengeance, dans l'espoir d'inquiéter sa femme, il décida de rester dans sa retraite sans souffler mot. L'odeur y étant désagréable, il mit le nez à la meurtrière par où le réduit prenait jour. L'étroite ouverture donnait sur une impasse dont il découvrait quelques mètres carrés. Adossé au mur d'en face, dans une encoignure, un gamin en tablier noir et coiffé d'une casquette chiffonnée se tenait immobile, semblant surveiller l'entrée de l'impasse. Ayant reconnu son fils Gustave, Frévière fut intrigué par son attitude. Un grand pas sonnant lourdement sur le pavé annonçait l'approche d'un homme. En effet, il vit déboucher dans le champ de son regard un hussard en petite tenue portant un paquet sous le bras et, immédiatement derrière lui, un enfant de dix à onze ans qui jouait avec une balle. Frévière avait souvent rencontré le jeune garçon en compagnie de ses parents, le colonel et Mme de Sarlac. On avait dû le confier à l'ordonnance qui venait faire une course chez la blanchisseuse de l'impasse ou chez le cordonnier. C'était un enfant mince, élégant, d'un joli visage. Vêtu d'une courte vareuse de drap bleu, il portait un grand col amidonné, une lavallière bleue à pois blancs et la casquette à visière rabattue des élèves du collège des Jésuites. Gustave, qui n'avait pas quitté son encoignure, le suivait d'un regard aigu et son visage avait une expression dure et narquoise que son père ne lui connaissait pas. Le jeune de Sarlac ne semblait pas s'être rendu compte qu'il était ainsi observé. Tout en marchant, il jetait sa balle à terre et la rattrapait au rebond. Bientôt, Frévière eut cessé de le voir ainsi que le hussard, mais il entendit sa voix claire dont les accents brefs l'auraient désignée entre toutes celles des gamins de la ville.

– Je vous attends ici, disait-il à l'ordonnance. Dépêchez-vous.

En même temps que le bruit décroissant des pas du soldat qui s'éloignait vers le fond de l'impasse, parvenait à Frévière le claquement de la balle sur le pavé. Gustave était toujours à son poste d'observation, mais lentement son dos se décollait du mur auquel il était appuyé et ses yeux attentifs brillaient d'un éclat plus dur. Le père n'avait pas besoin de s'interroger sur les sentiments qui agitaient son fils. Lui-même les avait jadis éprouvés pour son compte et, dans l'instant, les retrouvait sans s'y efforcer, si vifs et si frémissants qu'entre Gustave et lui s'établissait une étrange communion. Le claquement de la balle s'était rapproché. Il semblait que l'enfant riche fût maintenant sous la fenêtre du réduit. Soudain, sur le pavé inégal, il vit apparaître la balle qui roulait doucement en direction de Gustave. Celui-ci n'eut qu'un pas à faire pour mettre le pied dessus. Le fils du colonel de Sarlac vint à Gustave :

– C'est ma balle, dit-il sèchement. Je vous prie de me la rendre.

Gustave se contenta d'abord de ricaner et, comme l'autre se disposait à insister, il jeta d'une voix haineuse :

– Sale con. Jésuite de mes couilles.

Le petit Sarlac devint rouge et ne trouva rien à répliquer. Gustave fit un pas en avant qui le porta contre lui et ajouta :

– Je te défends de venir dans ces rues-là.

Dans ses cabinets, Frévière s'empourpra. Il était de cœur avec Gustave dont l'apostrophe le plongeait dans une délectation fiévreuse. Le fils du colonel avait l'air embarrassé. Il jeta un coup d'œil vers le fond de l'impasse, mais l'ordonnance ne reparaissait pas. Il devait avoir compris le sens profond de l'interdiction formulée par Gustave, car il ne fit aucune question. Peut-être même avait-il vaguement conscience que sa présence dans ces rues-là constituait une inconvenance, au moins une indiscrétion, et en était-il gêné. En tout cas, la riposte ne lui venait pas.

– Petit con, tu fermes ta gueule, maintenant, fit observer Gustave.

Cette fois, Sarlac crut devoir sortir de son mutisme et s'efforça, lui aussi, d'être grossier.

– Ta gueule à toi est vilaine comme un derrière, dit-il avec un accent qui gardait une grande distinction.

Frévière, la tête coincée dans l'ouverture pour ne rien perdre du spectacle, vit les deux gosses s'empoigner et fit des vœux ardents pour la victoire de son fils. Un peu plus trapu que l'adversaire, Gustave avait en outre l'habitude de ces sortes de pugilats. Sarlac, lui, se battait comme les filles, frappant à main ouverte et s'agrippant aux cheveux et aux oreilles. Ils avaient roulé sur le pavé et Gustave commençait à prendre un sérieux avantage. Frévière éprouva un furieux dépit en entendant le galop de l'ordonnance qui accourait du fond de l'impasse. Gustave, voyant le danger, réussit à rompre le combat et se jeta dans un couloir obscur. Le petit Sarlac se relevait péniblement, saignant du nez et les genoux écorchés, une jambe de sa culotte à moitié arrachée, son col blanc, sa cravate à pois, pendouillants et ensanglantés.

– Bon Dieu de bon Dieu, gémit l'ordonnance, qu'est-ce que je vais dire à Madame, moi? Vous pouviez donc pas rester tranquille?

– C'est le voyou qui a commencé, expliqua le gosse.

Frévière, à ces mots, ne put contenir son indignation, et se poussant dans l'ouverture dont les arêtes lui meurtrissaient la tête cria rageusement:

– Pas vrai! C'est lui qui a commencé! C'est Sarlac! C'est le colonel.

Trop occupés du désastre, l'ordonnance et le petit de Sarlac s'éloignèrent vers l'entrée de l'impasse sans même tourner la tête. Abandonnant la meurtrière où il ne voyait plus rien, Frévière, en proie à l'évidence, se mit à tourner comme un fauve dans l'étroit réduit. En vérité, c'était bien Sarlac qui avait commencé avec son grand col amidonné, son ordonnance, sa cravate à pois, sa coquette vareuse de drap bleu et tout un cortège invisible qui l'accompagnait partout dans l'impasse, cortège où figuraient notamment les membres du comité, leurs familles, leurs pianos à queue, leurs domestiques. Gustave ne s'y était du reste pas trompé.

Quittant son réduit, Frévière courut jusqu'à la chambre à coucher d'où il sortit presque aussitôt après avoir échangé son melon et sa jaquette contre un chapeau mou et un veston. Au bruit des portes claquées, Marthe apparut au seuil de la cuisine et le vit passer devant elle à grandes enjambées, le teint coloré et le regard flamboyant.

– . Où vas-tu ? Jules, tu ne vas pas faire de bêtises ? Jules !

Sans répondre à sa femme, Frévière franchit la porte de l'entrée. Il sentait une juste colère l'animer contre les membres du comité et tous leurs pareils : une clique de réactionnaires et de cléricaux dont il se reprochait d'avoir voulu ignorer la tyrannie. Il le voyait bien maintenant, ces gens-là voulaient dominer partout et toujours sans égard au mérite ni à l'intelligence. Ces hypocrites orgueilleux, avec la complicité des curés, des jésuites et des traîneurs de sabre, condamnaient les naïfs et les ignorants à une existence indigne pour s'acheter des maisons, des forêts, des tilburys et de l'emprunt russe, pour combler leurs femmes de bijoux en or et de chapeaux à plumes. Insolents avec leurs victimes, toutes leurs belles manières n'avaient d'autre raison d'être que de se rendre hommage à eux-mêmes et ne voilaient même pas la réalité brutale. Mais ce n'était pas en vain que l'injustice criait vengeance. Le temps était venu de lever une bonne fois l'étendard de la révolte et de balayer la racaille dorée et bien pensante. Il fallait renverser ce funeste monument d'iniquité, démasquer les égoïsmes pervers, dissoudre les ténèbres de la superstition, en finir avec les mômeries des curés et la morgue des officiers. Quoi qu'il dût en coûter, l'aube d'un monde nouveau se lèverait sur les débris du vieil édifice condamné.

L'allumeur de réverbères, commençant sa tournée quotidienne, portait la flamme de sa lance dans la cage d'un bec de gaz. La tête haute, la démarche assurée, Frévière s'engagea dans la rue Principale. Un calme souverain s'était répandu dans tout son être, mais une farouche volonté de chambardement durcissait maintenant son regard. Il avait compris la leçon de Gustave. Il allait s'inscrire au parti radical.

## Un crime

Rentrant chez lui à l'improviste, le docteur Lambertin trouva sa femme couchée avec le voisin de palier, les tua tous les deux ainsi que quatre femmes accourues, mangea un reste de viande froide et descendit prendre un verre dans un café du boulevard. C'était un homme doux, sensible, laborieux, qui avait à cœur de payer ses impôts et de faire le bonheur des siens. Il but coup sur coup deux verres de cognac, mais se fit scrupule d'en boire un troisième, craignant que trop d'alcool ne le conduisît à regarder son crime avec un commencement d'indulgence. Du reste, il n'aimait pas dépenser de l'argent inutilement.

Le meurtrier s'étonnait de s'être laissé aller à des violences aussi éloignées de ses habitudes. Ce qui lui faisait le plus horreur était qu'après l'hécatombe, il eût mangé un reste de viande froide. Comme une gitane s'offrait à lui dire la bonne aventure, il refusa d'abord et céda pourtant à un mouvement de curiosité ironique.

– Tu vivras très vieux, dit-elle en substance. Tu auras l'amour d'une jeune fille très belle et tu seras un jour à la tête d'une immense fortune.

Le docteur Lambertin sourit amèrement et paya la diseuse de bonne aventure.

– Tu t'es trompée, mais je m'y attendais, dit-il simplement.

– C'est écrit dans ta main, protesta la diseuse en s'éloignant.

Le meurtrier haussa les épaules et s'accorda quelques minutes de rêverie. La prédiction n'avait aucune chance de se réaliser, car il tenait à expier son crime. En admettant même qu'il prît la résolution de s'enfuir et qu'il réussît à se soustraire aux recherches de la police, le dégoût qu'il avait de lui-même l'empêcherait de rien entreprendre qui dût lui assurer un jour l'amour et la fortune. Tout à coup, il se souvint de ce reste de viande froide qu'il avait mangé tout à l'heure comme machinalement et sans y penser. Effrayé, il régla ses deux cognacs et courut au commissariat de police se constituer prisonnier.

A tort ou à raison, les juges considèrent le corps médical comme l'une des plus solides assises du régime, qu'ils sont payés pour défendre, et répugnent à envoyer un médecin à l'échafaud. Bien qu'il n'eût rien fait pour sauver sa tête, le docteur Lambertin fut condamné aux travaux forcés à perpétuité. Expédié à La Guyane, il s'évada au bout d'un an, traversa des forêts, des marécages, risqua mille morts et parvint enfin en territoire vénézuélien, à une petite cabane où on lui servit un reste de viande froide qu'il se mit à dévorer avec un furieux appétit.

# Knate

Le veston aussi. Ne prenez pas la peine. S'il vous plaît. Merci. Oh! vous verrez, vous aurez toute satisfaction. Et comme tissu, vous ne pouviez pas mieux choisir. Léger, moelleux, et pour le dessin, croyez-moi, ce chevron-là fait distingué. Il y a des tailleurs qui se croiraient des margoulins s'ils n'avaient pas des tissus plein leur magasin. Moi, c'est le contraire. Peu de tissus. Mais du beau. Un choix. Le client ne part pas sans avoir commandé et plutôt deux fois qu'une. Au fond, chez moi... ne bougez pas, laissez-vous aller, soyez naturel... Oui, chez moi, c'est un peu comme chez Knate, vous comprenez? Knate, c'est le plus grand chapelier de Paris et peut-être du monde. Entresol rue de la Paix et un personnel stylé, gants blancs et culottes courtes. Maintenant, supposition. Vous avez envie d'un chapeau qui vous permette de traverser la vie avec assurance. Vous vous en allez trouver Knate. C'est la première fois. En entrant, vous dites : « Je voudrais un chapeau. » Et vous voyez arriver un homme avec un monocle. C'est Knate. Il vous regarde. Pas une réflexion. Pas un mot. Il vous regarde. Il a vu ce qu'il vous faut. Demain, pour la première fois de votre existence, vous aurez le chapeau qui vous va. Voilà ce que c'est, Knate. Et remarquez bien qu'il n'a pas un chapeau chez lui, pas un. Et allez lui dire, justement, que vous aimeriez voir des modèles ou seulement une gravure. Allez-y, pour voir. Moi je l'entends d'ici vous répondre : « Monsieur, il y a erreur à la base. » Parce que Knate, c'est le chapelier qui vous coiffera comme personne ne saura jamais, je suis d'accord. Mais il est cassant. Vous aimez bien avoir le ventre un peu soutenu, n'est-ce pas... soyez tranquille... Mais j'allais oublier le plus beau : Knate n'a jamais porté un chapeau de sa vie! Par tous les temps, vous le verrez s'en aller tête nue. Ah! il y a tout de même encore des originaux!... S'il vous plaît. Veuillez écarter la jambe. Je vous demande pardon. Vous portez à gauche? Oui, je vois que vous portez à gauche. On dit qu'il n'y a que les Juifs qui portent à droite. Ce sont des on-dit. Et qu'est-ce que vous en pensez, des Juifs? Vous êtes comme moi, vous n'en pensez rien. Moi, voilà mon opinion : le Juif est toujours le Juif. Pas plus mauvais qu'un autre, ni meilleur, ni pire, il est ce qu'il est, voilà tout, et personne ne pourra le changer. Il y a des gens qui viennent vous dire : « Le Juif a le nez comme ceci, le Juif est près de ses sous, et il n'est pas soigné des pieds. » Et moi je leur réponds : « Et après? » Boum. Voilà mon interlocuteur qui se trouve pris. « Et après? » je lui ai répondu. Pas plus. Quand vous discutez avec un individu, ne lui laissez jamais prendre l'avantage, sans quoi, il en abusera. Il rogne? il s'emporte? il en dévide? Mais vous lui répondez : « Et après? » tout simplement. Et vous le regardez. Knate, je vous dis. Non, voyez-vous, les Juifs, il n'y a personne qui les connaisse autant que moi, personne. Seulement quand on a un peu vécu, on devient facilement tolérant. Ainsi, tenez, moi, pour vous extérioriser mon opinion : voilà bientôt huit ans que je me fournis de boutons chez un Juif du Sentier, un nommé Haïm. Vous connaissez Haïm, des boutons. C'est la grosse affaire et un sou c'est un sou. Avec lui, jamais une pique, je peux m'en vanter, et ce n'est pourtant pas l'envie de lui botter le derrière qui m'a manqué, je vous assure. Mais du moment que j'ai ma marchandise, je le règle et tout est dit. Bonjour, bonsoir, une poignée de main, à la prochaine. Les affaires sont les affaires. Ça ne veut pas dire que je n'aie pas mes opinions à moi. Dans notre métier de tailleur, on voit beaucoup, on réfléchit sur le sens de la vie. Il nous passe entre les mains du monde de toute sorte. Regardez donc, la semaine dernière, j'ai habillé le fils d'un sénateur. Je ne peux pas vous dire son nom, mais c'est une personne politique en vue, qui a hôtel particulier, voitures, et domestiques. A voir le fils, on ne croirait jamais qu'ils sont tellement dans le tralala. Très simple, il est, le fils. Il entre, il serre la main, et il dit : « Et alors? » ah! oui, c'est bien ça, c'est son mot : « Et alors? » La dernière fois qu'il est venu, en restant là tous les deux à causer de choses et d'autres, il avait oublié l'heure et avant de se sauver, il m'a dit : « On ne s'embête pas, dites donc, avec vous. » Textuel. Et avec ça, grand seigneur quand même, faut pas se tromper. Je suis pourtant fier de nature et de caractère, je vous jure. Quand j'étais enfant, ma mère n'a jamais pu me faire essuyer les pieds sur un paillasson avant d'entrer chez nous. C'est vous dire. Eh bien, je suis obligé d'avouer et de reconnaître que si ce garçon-là me commandait de courir au galop lui acheter un paquet de cigarettes, je n'oserais pas dire non. Et n'importe qui d'autre me le demanderait, je refuserais. Explique qui pourra, moi je constate un fait indubitable. Je me borne à constater. Pourquoi oui à l'un, pourquoi non à l'autre, n'est-ce pas? c'est la question. Ce n'est ni sa fortune, ni la chose qu'il soit le fils d'un sénateur en vue, vous pensez bien. S'il y a encore du monde que ces machines-là impressionnent, moi j'en suis revenu, et pas d'hier matin. Alors? il faut pourtant bien que tout s'explique. Moi, je me borne à constater. Et ma conclusion, la voilà : c'est qu'il existe des natures pas ordinaires, des natures impérialistes dans le sang. Knate. Pas un chapeau chez moi, pas une casquette, mais je suis Knate et vous venez vous faire coiffer chez moi. C'est formidable. Moi, pendant la guerre, au cent cinquante-six, j'avais un capitaine, un nommé Bonbillet, qui n'était pas capable de se faire obéir. Trois galons dorés sur les manches, mais vous lui bouffiez son foie gras et vous lui

fumiez ses cigarettes à son nez sans qu'il ose seulement dire
ouf. A côté de ça, je me souviens d'un caporal, mal habillé,
mal solide sur ses molletières, Hartinguet c'était son nom, et
cet animal-là, vous n'auriez pas soulevé le petit doigt de la
couture sans lui en demander permission. On n'imagine pas,
mais la guerre a révélé des caractères. Moi j'ai connu un
garçon qui n'avait l'air de rien, mais qui est devenu
lieutenant. Et voyez ce que c'est : quand il est monté en
renfort, je lui avais vendu une paire de ciseaux. Non, la
guerre, ne me parlez pas de la guerre. Celui qui ne l'a pas
faite ne peut pas savoir ce que c'est. Pour vouloir le retour
d'une pareille abomination, il faut être un fou et un
misérable. Moi, mon raisonnement, c'est qu'un homme en
vaut un autre, qu'il s'appelle Dupont ou qu'il s'appelle
Bismarck. Pourquoi est-ce que je m'en irais tirer sur un
homme que je ne connais ni d'Ève ni d'Adam, sous prétexte
qu'il est né de l'autre côté de la frontière ? Tout ça est de
l'enfantillage. Il ne m'a jamais rien fait, je ne lui ai jamais
rien fait. Alors ? Maintenant, vous me direz, c'est un fait que
l'Allemand est arrogant. Je vous l'accorde et je dirai mieux :
l'Allemand est arrogant et il est plat. Voyez donc cette
manière qu'ils ont de se laisser calotter par leurs supérieurs.
Un Français ne tolérerait jamais qu'on lui fasse une chose
pareille. Pourquoi ? parce que le Français est fier de sa
nature. Et frondeur aussi, il ne faudrait pas oublier. Notez
bien que ce n'est pas ce qui l'empêche d'obéir. Il rouspète,
c'est entendu, mais il marche quand même. Rouspéter, c'est
le vrai fond de son caractère. Qu'il y ait un coup de torchon
demain matin, vous verrez le Français voler aux frontières.
Et pas plus tôt qu'il sera parti, vous l'entendrez déjà
commencer à rouspéter. Et des fois pour rien. Frondeur, je
vous dis. Allez, je suis tranquille. L'Allemagne peut nous
faire la guerre quand elle voudra, j'ai confiance. Elle
arrivera peut-être jusqu'en banlieue, mais nos troupes lui
feront la reconduite encore un coup. Vous verrez ce que je
vous dis. C'est pourquoi j'ai toujours pensé que les deux pays

ne devraient jamais se faire la guerre. Vous ne trouverez
nulle part d'aussi bons soldats que l'Allemand et le Français.
Si la France et l'Allemagne voulaient s'entendre, rien ne
pourrait leur résister, ils seraient les maîtres du monde.
Seulement voilà, il y a un mais, c'est qu'une fois vainqueurs,
ils se battraient encore pour savoir lequel des deux resterait
le seul maître. La raison ? c'est qu'il y aura toujours des
guerres. Vous allez peut-être penser que je n'ai guère
d'illusions sur la nature humaine. Et moi je vous répondrai
que je n'en ai même plus du tout. Nécessairement, j'ai vécu.
J'ai réfléchi. Et qu'est-ce que j'ai vu dans toutes les couches
sociales et à tous les étages de la société ? J'ai vu et observé la
chose suivante : c'est que l'homme est toujours le même et
que le fond de sa nature ne change pas, qu'il soit le
cordonnier du coin ou qu'il soit duc de Montbazon.
Aujourd'hui, ce n'est plus l'époque à se laisser prendre aux
apparences, surtout quand on est un peu observateur. Et
c'est bien pourquoi la noblesse ne signifie plus rien. C'était
bon du temps de l'Histoire, mais à présent le progrès
s'oriente de plus en plus vers la mécanique appliquée.
Noble, pas noble, qui est-ce qui regarde ? Vous rencontrez
une jolie femme dans la rue ou dans le métro, vous lui faites
de l'œil et vous lui pincez le gras du bras, pour supposer. Si
vous avez eu la manière et si elle se sent des vouloirs, elle ne
viendra pas vous demander votre état civil, n'est-ce pas ?
C'est bien la meilleure preuve. Beauté passe noblesse,
comme on dit. Moi qui suis tailleur, j'ai le droit d'en causer
savamment. Prenez-moi un clochard avec trois jours de
barbe et la chemise qui passe par tous les trous du pantalon.
Vous me l'amenez ici, dans mon magasin. Qu'est-ce que j'en
vais faire ? d'abord, je reste calme. Pas un pli qui bouge sur
ma face. Vous entendez voler une mouche. Et je commence
par le décrasser. Je lui tords ses poux dans un bon bain d'eau
bouillante. Pédicure, coiffeur, manucure, autant qu'il faudra. Et après ça, je vous l'habille. Je connais mon homme. Je
connais sa personnalité jusque dans les orteils, parce que je

l'ai étudiée, vous comprenez ? Je lui fais un complet qui l'habille, ce que moi j'appelle un complet, ou si vous préférez, je l'habille. Et pendant seulement une semaine, je l'emmène avec moi deux fois par jour prendre l'apéritif pour le remettre dans les manières et pour lui donner du ton. Voilà maintenant un individu que vous pourrez emmener n'importe où, au Claridge, à Deauville, et même dans un salon, il saura se tenir à sa place. Il est certain qu'il me doit beaucoup. Je ne conteste pas. Mais enfin, le fait est là quand même. Un pouilladin de l'avant-veille se fait passer aujourd'hui pour un banquier, pour un avocat ou pour un professeur. Si on voulait se donner la peine de réfléchir, ce que je vous dis là va loin en profondeur, et plus loin que ça ne paraît. L'escroc international que vous voyez dans les journaux qu'il s'est fait passer pour un financier à millions ou pour un duc américain, il se dit qu'il aurait bien tort de se gêner et qu'il a une tête à être riche aussi bien qu'un autre. Et après tout, c'est peut-être lui qui a raison. Un aristocrate est fait comme vous et moi. Il n'a pas le nombril entre les deux épaules. Alors ? Pourquoi voulez-vous que ce soient toujours les mêmes ? Ne croyez pas pour ça que je suis communiste, non. D'abord, j'estime qu'on n'a pas le droit de parler d'une chose sans savoir ce qu'il en est. On en a tellement dit sur le communisme, le partage des biens et la carte de sucre, et il n'y avait pas un mot de vrai ! Oh ! j'ai erroné là-dessus comme tout le monde, et je ne m'en cache pas. Nécessairement. Le public est mal informé et surtout, il ne sait pas distinguer. Chacun veut expliquer les choses à sa manière alors que le communisme, c'est bien souvent le contraire de ce qu'on croit. Voyez en U.R.S.S. C'est toujours ce que je réponds aux personnes qui veulent discuter : regardez en U.R.S.S. Mais les gens ne savent pas. L'U.R.S.S. est un pays immense et il tiendrait vingt pays comme la France dans l'U.R.S.S. En U.R.S.S., vous marchez pendant mille kilomètres sans rencontrer un être vivant. Voilà ce qu'il faut bien se dire. Je voudrais que vous entendiez mon neveu Léonard, le fils donc de ma plus jeune sœur, je voudrais que vous l'entendiez sur le communisme. Vingt-cinq ans, il a. Et c'est un garçon qui a passé sa thèse de bachot et tous ses examens. Il est ingénieur, c'est vous dire. Et communiste. Vous vous rendez compte? ingénieur communiste. On aura tout vu. Ah! mon neveu, il n'est pas bavard! Il vous écoute. Sans rien dire, il vous écoute. Et tout d'un coup, pan. Un mot. Un seul. Et vous voilà par terre. Knate en somme. Pas un chapeau chez moi, pas une casquette, mais je m'appelle Knate et Knate je suis et vous y passez. L'autre jour, pour vous donner un exemple, je me trouvais justement dans un bal de société avec mon neveu Léonard. Moi, je m'en vais m'asseoir et je le laisse aller comme bien entendu. Il en danse une, il en danse deux, et après, il s'en vient vers moi, côté buvette. Parce que lui, quand il a une fois décidé qu'il danse, il danse. Et s'il vous dit qu'il ne danse plus, il ne danse plus. Un homme. Un caractère. Il y avait à côté de nous deux vieux qui causaient communisme. Je dis deux vieux et ils ne l'étaient peut-être pas plus que moi. C'étaient même des gens bien vêtus, qui avaient des manières et de la distinction. Moi, j'ai bientôt fait de juger un homme, je vous assure. Il y a une façon de tenir son verre qui ne trompe pas sur l'éducation. C'est comme de mettre ses coudes sur la table, on croit souvent que c'est mal-poli et on commet une grave erreur. Dans mon journal, hier soir encore, j'ai vu la photographie d'un banquet d'industriels et ils ne se gênaient pas de mettre les coudes sur la table. Très racés, d'ailleurs. Tous très racés. C'est fantastique. Quand on pense. Bref, pour vous résumer, ils parlaient de communisme et ce qu'ils pouvaient dire de bêtises, on n'imagine pas. Nécessairement. Il faut se représenter ce qu'est l'U.R.S.S. L'U.R.S.S., c'est un pays immense. L'U.R.S.S. Vous pensez si mon neveu Léonard pouvait bouillir en écoutant toutes leurs bêtises. Ingénieur diplômé, il est. Ça l'agaçait. Pourtant, il ne bougeait pas. Impassible, il restait. Vous auriez dit qu'il n'entendait pas. Mais moi, j'attendais le moment. Et tout d'un coup, il se déclenche. Très calme. Très sobre. Permettez, il leur dit. Vous auriez entendu voler une mouche. Permettez! et en trois minutes d'horloge, mon Léonard vous les met les quatre fers en l'air. Vous répéter ce qu'il leur a dit, je ne m'en charge pas. Avec lui, n'est-ce pas, c'est tout de suite les mots techniques, des mots qu'on n'a pas le temps de saisir ni de comprendre et qui vous ont des vraies gueules de mille pattes. Ah! je vous garantis que ça fait réfléchir. On aura beau faire, il y aura toujours du pour et du contre, allez. Moi, je me borne à constater. Communiste, je ne peux pas dire que je le sois seulement pour un sou. Vous ne me ferez jamais admettre que ce qui est à moi n'est pas à moi et qu'on va m'obliger à travailler pour tous les fainéants de Paris et des départements. Mais non, mais non. Je suis pour la défense des libertés jusqu'au bout, mais j'estime néanmoins qu'il y a tout de même des limites. Après ça, vous viendrez me dire que la société est mal faite. C'est d'accord et je suis le premier à le proclamer, mais enfin, on vit tout de même. Et au fond, pas si malheureux. Il paraît qu'en Russie, ce serait le paradis des rêves, mais vous n'êtes pas allé y voir, ni moi non plus. Soi-disant que le travail y est devenu un plaisir et qu'on y fait davantage l'amour que chez nous. Je demande à voir, je vous dis. On se fait facilement des idées. La France n'a jamais manqué de beaux parleurs. Remarquez bien, je suis d'avis que l'homme travaille trop. Exemple moi. Je travaille dix heures par jour et des fois douze et je ne connais pas la semaine anglaise. Et après? Est-ce que je me plains? Ceux qui se plaignent, on les connaît. Ce n'est pas la crème. Vous trouvez que je travaille trop. Vous me donnez la semaine anglaise. Bon. Mais c'est toujours la même chose. Si je fais l'amour le samedi, qu'est-ce que je ferai le dimanche après-midi? j'irai dépenser mon argent au café ou au cinéma. Bénéfice, néant. C'est même le contraire qui se produit. Conclusion, vous croyez des fois avoir inventé une découverte et en définitive, vous n'avez rien inventé. C'est pourquoi, bien souvent, j'en arrive à me demander s'il n'y aurait pas du vrai dans la religion. Vous allez me répondre que le bon Dieu, personne ne l'a jamais vu et d'un sens, vous aurez raison. Mais moi qui vois les choses impartial, je vous invite à discuter librement. Vous, vous avez vos opinions et moi j'ai les miennes. Toutes les croyances sont respectables et vous n'avez pas le droit de salir la religion. D'un autre côté, si on savait tout ce qui se passe à l'intérieur des couvents et chez les curés, hein? Ce n'est pas pour rien qu'ils se cachent. Oh! soyez tranquille, je ne vais pas leur jeter la pierre. Quand il ne vous manque rien, il y a des choses qui sont dures, et moi, j'aime autant vous dire tout de suite que je ne pourrais pas. Pour celui qui se pose la question intelligemment, les curés sont des gens comme vous et moi. L'habit ne fait pas le moine. C'est le cas de le dire. D'ailleurs, il y a une chose que bien du monde ignore. C'est que les curés ont souvent les idées très larges. Moi qui vous parle, je connais un curé, n'est-ce pas. Un homme tout ce qu'il y a de capable. Il connaît mes idées sur la religion, moi je connais les siennes. Ce n'est pas ce qui empêche qu'on s'estime. Quand la petite a fait sa première communion, je ne sais plus si c'était la veille ou l'avant-veille, il est passé me voir ici et je l'ai fait entrer dans le fond pour lui faire boire une fine. Voilà mon abbé Lamblin qui renifle son verre et qui me dit en clignant un œil : « Merde alors, c'est du fameux. » Textuel. Ah! si tous les curés étaient comme celui-là! Malheureusement, il y en a des uns et des autres. Vous ne pouvez pas empêcher. Dans une société, il faut de tout. Moi, si j'étais quelque chose, j'obligerais les curés à se marier. C'est quand même plus propre. Mon neveu Léonard, il n'est pas pour la religion non plus. Je vous dirai que je n'ose pas lui en parler comme je voudrais. L'autre jour, je lui faisais remarquer qu'il y a encore bien des choses que la science n'explique pas et il m'a regardé sans répondre avec son air de rigoler en dedans. Moi, quand il prend ses airs méprisants, j'ai des fois de la peine, parce que c'est le fils de ma plus jeune sœur. Et puis, je me dis qu'il est ingénieur diplômé. A côté de lui qui a passé sa thèse de bachot et qui a lu tant de livres sur toutes choses, qu'est-ce que je suis, moi ? Et nous tous, qu'est-ce que nous sommes ? Voyez moi. Je suis là qui cause, qui cause, mais c'est pour causer, parce qu'on ne peut pas toujours se regarder faire son métier. Je sais bien que je dis des bêtises. Il y a même des jours où je suis décidé à me faire mon instruction. Tenez, hier encore, la petite était occupée à ses devoirs. J'ai empoigné mon arithmétique, bien décidé à me la faire entrer dans la tête. Pensez-vous ! A la deuxième page, je me suis mis à bâiller et j'ai attrapé mon journal. Pourtant ce serait si agréable d'être comme mon neveu Léonard, de ne jamais se tromper, et d'avoir réponse à tout. Quand je l'écoute causer, j'essaie bien comme ça de retenir des mots, mais c'est difficile, surtout qu'il est intimidant. Figurez-vous que la semaine dernière, un soir qu'il était venu avec sa mère, il m'a dit que j'étais responsable de l'inquiétude de la jeunesse. Vous pensez si j'étais ennuyé. Qu'est-ce que vous auriez répondu, vous ? Puisqu'il le dit, ça doit être vrai. C'est dans des moments comme celui-là qu'on voudrait être Knate. Parce que Knate, au fond, il n'est peut-être pas plus instruit que vous et moi. Seulement, il est Knate, et c'est suffisant. « Monsieur, il y a erreur à la base. » Et je te rengaine le monocle en virant sur mes talons. Et voilà. Nous autres les moins que rien, on va dans la vie à tâtons, sur les genoux, et le nez par terre à la reniflette. Et qui c'est qui nous regarde passer ? c'est Knate. A cheval sur son culot et le monocle dans l'œil. Et qui d'autre encore ? mon neveu Léonard, l'air de rien, lui, mais qui en a dans la tête. Parce que lui, comme il dit, il a fait un gros effort culturel. Vous comprenez ? et pour le premier essayage, vous pourriez peut-être venir mercredi.

## 17 *noir impair et manque*

Me trouvant seul un soir sur cette grande plage de l'Atlantique j'entrai par désœuvrement au casino où je fis la rencontre du pseudo-comte d'Azaré dont la réputation de joueur n'est pas sans tache. Il errait par les salles comme moi solitaire et désœuvré, mais la mine hargneuse. Pourtant, il voulut bien me reconnaître, et comme je l'interrogeais sur les raisons de sa mauvaise humeur, il me répondit avec brusquerie :

– Ne m'en parlez pas, je suis dégoûté. Vous savez que je suis entré en prison au milieu de l'été dernier ?

– Pardonnez-moi, dis-je, de l'avoir ignoré : je suis si peu mondain...

– J'en suis sorti ces jours-ci, et vous aurez sans doute peine à me croire, mais je regrette de n'y être pas encore. Quand je vois de quelle façon nous sommes gouvernés, je vous assure que j'ai honte de mon pays !

– Je ne vous savais pas si occupé de politique. Le pacte à quatre vous donnerait-il de l'inquiétude ?

Azaré haussa les épaules : il s'agissait bien de pareilles balivernes.

– Vous ne serez jamais sérieux, me dit-il avec reproche. Je veux vous parler de cette licence infâme qui autorise *la roulette* et *le trente-et-quarante*. Ne trouvez-vous pas cela d'une immoralité révoltante ?

Je n'apercevais pas pourquoi la fureur de la roulette ou du trente-et-quarante était plus funeste que celle du baccara, par exemple.

– Vous n'y comprenez rien, me dit Azaré. Le poker et le baccara ne sont pas des jeux de simple hasard, ils exigent de la réflexion, de la fermeté de caractère, et font appel aux plus nobles facultés. Le fait qu'on y puisse tricher n'est-il pas la preuve qu'ils exigent aussi un certain sens de l'honneur ? Au contraire, à la roulette, pas moyen de tricher, et au trente-et-quarante non plus...

– Hum ! dis-je un peu malgré moi, voilà un singulier critérium, et vous me semblez prêcher pour votre saint.

– Du tout, cher ami. Je veux seulement vous faire entendre combien ces jeux de hasard pur sont avilissants pour qui les pratique. La passion du joueur n'y est balancée par aucun effort de raisonnement, elle devient un entraînement pour ainsi dire animal. C'est pourquoi nous voyons les femmes s'y donner avec une fureur totale, primitive.

– Vous n'êtes pas galant.

– Peut-être bien, mais j'ai une grande expérience, sinon des femmes, au moins des salles de jeu. Tenez, regardez cette jeune et jolie femme qui entre. N'est-elle pas charmante, et la grâce de son sourire, la douceur de son regard, n'en font-elles pas une créature séduisante ? Eh bien, nous allons la suivre jusqu'à cette table de roulette où elle s'en va d'un pas si assuré, et vous m'en parlerez dans un quart d'heure.

Il me prit par le bras et manœuvra pour nous placer à côté de la jeune femme. Tout d'abord, elle misa sans fièvre apparente un jeton sur le numéro 11, et deux sur la couleur noire.

– Elle est venue avec une martingale en tête, me souffla Azaré, mais vous la verrez quand elle sentira que ça ne rend pas.

La joueuse délaissa les numéros six fois de suite, en maintenant sa mise sur la couleur : à la septième, elle risqua de nouveau un jeton sur le 11, et sa main tremblait un peu. Pas plus que la couleur noire, le numéro ne sortit. La jeune femme eut une légère crispation du visage, et Azaré me dit rapidement :

– Je vous parie qu'elle va miser deux jetons sur son numéro et un seul sur la couleur.

Elle fit exactement ce qu'il avait prédit, et Azaré reprit :

– Elle continuera ainsi pendant cinq ou six tours, et puis, elle ne jouera plus que le numéro. Avec les femmes, c'est réglé. Après dix minutes de jeu, elles lâchent presque toujours la couleur, le pair ou la passe, qui ne payent que la mise ; elles ne pensent plus qu'aux numéros qui leur feront décrocher le gros lot... Vous voyez ? Je vous avais bien dit. En général, les hommes sont plus raisonnables. Regardez le vieux bonhomme, là. Il vient tous les soirs risquer ses cent francs, et pour lui, les numéros n'existent pas. Il martingale tranquillement sur la passe. Quel traquenard épatant, ce jeu de la roulette ! même pour les petits joueurs. Notez que pour les chances simples, il suffirait de mettre six couleurs au lieu de deux, mais avec ces trucs de passe et manque, de pair et impair, on donne au joueur l'illusion qu'il peut courir sa chance de un contre deux, de trois manières différentes... sans compter que les mots de passe et manque ont un petit attrait de mystère...

Tout en l'écoutant, j'observais notre joueuse qui misait maintenant sur trois numéros à la fois. Les yeux brillants, la bouche tirée par un tic nerveux, elle poussait ses jetons avec des gestes saccadés, et tandis que la boule blanche courait sur la roulette, j'entendais le bruit de son gosier contracté par l'anxiété et qui ravalait la salive. Parfois, sa main cherchait sur sa poitrine une médaille fétiche, et comme elle venait de doubler sa mise sur le numéro 17, je la vis esquisser un signe de croix.

– Vous voyez à quelle sauce on accommode la religion, murmura Azaré.

Le signe de croix n'y fit rien et le 17 ne sortit pas. Reniant Dieu, la jeune femme eut un juron, et parut désemparée. Pour mon plaisir, Azaré tenta une expérience, et dit à haute voix en la regardant :

— C'est aujourd'hui le dix, et il est exactement dix heures dix...

Elle leva vers lui des yeux hagards, répéta le numéro d'une voix rauque et poussa sur le 10 le restant de ses jetons. Par miracle, le numéro 10 sortit, et les ponteurs voisins d'Azaré, persuadés de ses dons de prophète, lui jetaient déjà des regards suppliants.

— Allons-nous-en, murmura mon compagnon, je suis écœuré...

Il m'entraîna hors du cercle des joueurs, et nous en étions éloignés déjà de quelques pas, lorsqu'un homme le rejoignit, et lui prenant la main, pria d'une voix fervente :

— Monsieur, soyez bon, donnez-moi le numéro gagnant!

— Soyez raisonnable vous-même : si je connaissais le numéro gagnant, je le jouerais, voyons.

— Dites un numéro, le premier qui vous passera par la tête...

— Allez au diable!

Et lorsque l'homme eut tourné le dos, Azaré ajouta pour moi :

— Si je lui avais donné un chiffre, cet imbécile l'aurait joué jusqu'à engager sa chemise. D'ailleurs, croyez bien qu'il ne m'a pas poursuivi en vain : il aura calculé que j'avais deux yeux, deux oreilles, cinq doigts à chaque main, et aura obtenu un numéro en faisant le total, ou toute autre opération du même genre...

— En tout cas, notre belle joueuse n'a eu qu'à se louer de votre prophétie. Vous avez mis dans le mille au premier coup.

— Oui, et je lui ai rendu sans le vouloir un bien mauvais service. Si elle avait quitté le casino sans un sou, elle était

peut-être échaudée pour longtemps... Mais l'avez-vous bien observée quand son numéro est sorti?
– Hélas!
– Quelle harpie, n'est-ce pas? Et ces doigts crispés, griffus, et cette expression d'avidité sordide sur ce joli visage? De quoi vous dégoûter de l'amour et des femmes. Si j'avais un fils et qu'il voulût épouser une femme contre mon gré, je me contenterais de lui ménager une entrevue avec elle à la roulette. D'ailleurs, il faut être juste : si les hommes ont plus de tenue que les femmes en face des caprices du hasard, ils ne sont guère moins avisés. Les plus sages sont encore ces toqués qui jouent sans passion, uniquement occupés de vérifier par l'expérience certaines méthodes du calcul des probabilités. Hier soir, j'ai vu un bonhomme furieux d'avoir gagné deux ou trois mille francs, et qui grommelait : « C'est stupide, je n'aurais pas dû gagner. »
– Mais pourquoi jouait-il? Il pouvait aussi bien vérifier ses calculs en se contentant de regarder.
– Bien sûr, cet homme-là est un amateur de jeu pur, pour qui le gain ne compte pas, mais sa science des chiffres n'est pas assez spéculative pour se passer de l'épreuve personnelle. C'est une variété d'abrutis assez courante dans les salles de jeu où il n'en manque pas d'autres. J'aurais pu vous montrer tout à l'heure un type qui passe ses journées et ses nuits à la roulette sans y risquer un sou; il se contente de suivre un joueur en se substituant ou en s'identifiant à lui; il connaît ainsi toutes les émotions du joueur sans bourse délier. Cet après-midi, comme son poulain venait de ramasser un gros sac, je l'ai vu fondre en larmes et lui sauter au cou. A côté de ces innocents, vous avez des malins qui spéculent sur la jobardise des ponteurs; je suppose que vous veniez de perdre dix billets en quelques heures; vous voilà perdant la tête lorsqu'un quidam vient vous dire à l'oreille : « Monsieur, je possède un porte-bonheur infaillible et je vous le cède immédiatement si vous m'abandonnez le quart de vos gains. » Vous répondez d'abord par un sourire désabusé,

parce que vous êtes un esprit fort, et puis vous vous dites :
« Après tout, qu'est-ce que je risque ? » et vous acceptez. Si
vous gagnez, le type qui vous a cédé son bouton de culotte
porte-bonheur encaisse sa part de vos bénéfices. Si vous
perdez, lui, du moins, n'a rien perdu. Vous comprenez ?

– Très bien, mais je ne pense pas qu'il y ait beaucoup de
gens pour se laisser prendre à cet attrape-nigaud.

– Erreur, cher ami. Même s'il ne croit pas à la vertu du
bouton de culotte, le joueur en mauvaise passe est encore
heureux de sentir auprès de lui quelqu'un qui fasse des
vœux sincères pour sa réussite. Mais je dois dire que le coup
réussit surtout avec les hommes qui sont, en général, plus
naïfs que les femmes, et surtout plus sentimentaux...

Cependant, nous nous étions approchés d'une table de
trente-et-quarante où le banquier étalait ses cartes avec une
merveilleuse dextérité. Mon compagnon me fit observer que
la proportion des femmes qui jouait à ce jeu-là était moindre
qu'à celui de la roulette.

– La raison en est qu'au trente-et-quarante le ponteur ne
peut gagner que sa mise. Ici, la chance est toujours simple et
n'a pas l'attrait d'une loterie fabuleuse comme à la roulette
où vous pouvez, d'un seul coup, gagner trente-cinq fois votre
mise.

– En somme, c'est un jeu très honnête et les chances sont
réparties très également entre le banquier et le joueur.

Là, mon guide m'expliqua le principe du trente-et-
quarante : le banquier étale deux séries de cartes, l'une après
l'autre, chacune étant arrêtée lorsqu'elle atteint un nombre
de points supérieur à trente ; la série la moins élevée fait
gagner le tableau correspondant.

– Vous voyez comme la chose est simple ? C'est justement
ce qui en fait le danger. Ce jeu-là n'a pas des airs de
casse-cou comme la roulette, et beaucoup de gens se laissent
prendre à cette apparence d'honnêteté que vous affirmiez
vous-même tout à l'heure. En venant ponter sur l'un de ces
deux tableaux, vous avez presque l'impression de jouer à la

bataille. Pourtant, l'on arrive très bien à s'y ruiner. Regardez donc ce jeune homme qui vient de miser quelque deux ou trois milliers de francs sur ce tableau ; il était probablement parti d'un louis en se jurant de doubler l'enjeu à chaque tour, jusqu'à ce que son tableau fût gagnant. Le malheureux n'avait pas calculé qu'en dix coups, la progression géométrique l'amène à dix mille francs, et que le même tableau sort souvent quinze ou vingt fois de suite...

Le jeune homme venait de perdre quatre ou cinq mille francs. Il eut un geste de désespoir, très sobre, et doubla néanmoins. Il perdit encore, et quitta le trente-et-quarante, livide et le regard fixe. Azaré, qui l'observait, murmura :

– Un bon petit jeune homme, clerc de notaire, qui vient de claquer l'argent de ses vacances... ou bien l'argent de son patron qu'il ne pourra pas remettre dans la caisse. Notez que son cas, en tant que joueur, est des plus courants. Tous les débutants se laissent prendre à cette martingale élémentaire. N'avais-je pas raison tout à l'heure, de protester contre de pareils jeux ? Le trente-et-quarante est le plus dangereux des pièges à sous. D'ailleurs, je n'admets pas les jeux de cartes où le banquier soit seul à toucher les cartes ; il n'y a vraiment pas moyen de se défendre...

# Samson

Les Philistins se croient très forts de m'avoir envoyé cette petite putain. Ils seraient étonnés s'ils pouvaient se convaincre qu'elle m'est indifférente et que mon regard ne se serait pas même arrêté sur elle si je l'avais crue capable de loyauté. Mais comment soupçonneraient-ils que j'avais compté sur la trahison de Dalila ? Voilà des gens qui m'ont tendu un piège et qui sont parvenus à leurs fins. L'idée ne peut les effleurer que ces fins coïncident avec les miennes et qu'en l'aventure j'ai agi non pas en costaud sanguin et frivole, mais en juge et en solitaire. Ils ne savent d'ailleurs pas, et personne ne sait, que je suis désespérément seul. Cette solitude longtemps promenée dans le tintamarre cocardier de mes admirateurs, les Philistins, s'ils en avaient connaissance, ne seraient guère mieux placés que mes compatriotes pour en apprécier le sens. Ils n'y verraient à coup sûr que la rançon d'une destinée surhumaine. Je ne vois que mon oncle Schiméi qui ait jamais mesuré la profondeur de l'abîme que je devais côtoyer toute ma vie. Peut-être même est-ce lui qui déposa dans mon cœur le ferment de l'angoisse. Je pense à une conversation qu'il eut avec mon père à Tsoréa lorsque j'avais huit ans. Ils étaient assis dans le pré derrière la maison. Non loin d'eux, je jouais avec un bœuf que je recevais dans mes bras après l'avoir lancé en l'air à la hauteur d'un arbre, et l'oncle Schiméi me regardait durement, puis, non moins durement, regardait mon père attendri et souriant à mes ébats. Bientôt s'engagea entre eux une conversation animée et, devinant qu'ils disputaient à mon sujet, je laissai mon bœuf pour écouter leurs propos.

— Cet enfant sera une calamité publique, disait l'oncle.

— Au contraire, répondait placidement mon père. L'Éternel m'a averti. C'est Samson qui délivrera Israël des Philistins.

— Je sais et je ne mets pas en doute la parole de l'Éternel, mais de quel prix paierons-nous notre délivrance? Cette force monstrueuse que Samson porte en lui, et contre laquelle aucune force humaine ne peut prévaloir, l'exercera-t-il contre les seuls Philistins?

— Le Seigneur la lui a donnée, fit observer mon père.

— Et après? Nous n'avons rien que le Seigneur ne nous ait donné, mais nous faisons trop souvent un mauvais usage de ses dons. Tu admires que cet enfant joue avec un bœuf comme d'autres avec un jeune chat. Si tu faisais le compte de tout ce qu'il a brisé depuis qu'il est au monde, tu serais moins fier de sa force. Songe à toutes les portes arrachées, aux cloisons enfoncées, à la vaisselle fracassée, aux arbres brisés, déracinés, aux bêtes estropiées ou tuées de sa main. Hier encore, n'a-t-il pas, d'une claque amicale, assommé le meilleur de tes ânes? Et il ne fait que jouer et ses intentions sont honnêtes. Qu'en sera-t-il à l'âge où le cœur se soumet aux passions? La haine des Philistins n'est pas toute la vie et Samson aura d'autres haines, pour ne rien dire des épreuves qui l'attendent dans ses amitiés comme dans ses amours, ni des blessures d'orgueil ou des ambitions déçues. Je craindrais déjà une telle force si elle n'obéissait qu'à de simples hasards, mais entre les mains d'un homme, elle m'épouvante. La volonté de l'homme s'emploie tantôt pour le bien, tantôt pour le mal, mais les bonnes œuvres sont fragiles et ce qui est détruit est détruit.

L'oncle Schiméi conclut à me faire raser les cheveux, ce à quoi mon père se refusa tranquillement. Sa placidité exaspéra l'oncle, et la dispute menaçait de s'envenimer lorsque Joad le maquignon, homme riche et considéré, apparut au coin de la maison. Il avait une grande réputation de sagesse et on venait à lui de très loin pour le consulter. Mis au fait, il donna raison à mon père.

– Tes craintes ne sont pas fondées, dit-il en s'adressant à l'oncle Schiméi. Sache que toute force est bonne. Le bœuf tire la charrue, l'âne porte le grain au moulin, le vent pousse les navires sur la mer et Samson nous délivrera des Philistins. Certes, il y a sur la terre bien des forces qui nous sont encore étrangères et apparemment hostiles. La tempête détruit les vaisseaux, couche les récoltes, arrache les arbres, et la foudre tombe où elle veut. Patience.

La bouche béatement bée et sa lourde mâchoire pendante, Joad le maquignon eut un sourire confiant.

– Patience. Toutes ces forces qui nous échappent, Dieu les tient en réserve pour nous. Ce sera la récompense de notre piété et de notre amour. Adorons l'Éternel, prions-le, et la foudre et la tempête seront à nous et en nous. Schiméi, n'es-tu pas frappé du fait que le Seigneur ait logé la force de Samson dans ses cheveux ? Pour ma part, j'y vois une étape. Un jour viendra où cette force surhumaine siégera, non plus dans nos cheveux, mais dans nos têtes. Le tonnerre et la tempête s'ordonneront sous le crâne de l'homme et ses paroles seront comme des fleurs d'amour et de sagesse, et il aura autant de puissance qu'un orteil du Seigneur.

Loin de porter le doute dans mon cœur, cette dispute m'affermit d'abord dans l'opinion que j'avais de mon importance et dans ma résolution de combattre les Philistins. J'en conçus, à l'égard de l'oncle Schiméi, un sentiment de méfiance qui devait s'aigrir par la suite. A dater de cette année-là, il prit l'habitude de m'offrir pour mon anniversaire un rasoir que je recevais en remerciant du bout des lèvres et en contenant mon irritation. Ce rasoir allusif, dont le retour périodique n'était pour mes parents qu'une plaisanterie un peu lourde, me gâtait la joie de notre petite fête de famille. Six fois en six ans, je parvins à maîtriser ma colère, mais le jour de mon seizième anniversaire, je lançai le rasoir contre un mur où il se brisa et, saisissant mon oncle par le haut de son vêtement, je le soulevai de terre. Il ne se débattait pas et me considérait d'un regard froid et ironique qui me faisait perdre la tête. Mon père se pendit à mon bras, ma mère se mit à genoux devant moi. Je lâchai l'oncle Schiméi qui commençait à suffoquer et m'enfuis dans la campagne, où je trompai ma violence en arrachant quatre gros arbres et en tuant à coups de poing deux taureaux et bien dix-huit vaches, sans compter les veaux. Ce jour-là naquit en moi l'inquiétude qui devait m'enfermer plus tard dans une anxieuse solitude. Les paroles prononcées jadis par l'oncle Schiméi me revenaient en mémoire et commençaient à prendre pour moi un sens évident. Je me mis à fréquenter Joad le maquignon pour entendre de lui les paroles qui dissipaient mon trouble. L'excellent homme sut au moins me distraire de mes obsessions en échauffant ma bile patriotique.

– Les pourceaux sont lâchés dans le jardin d'Israël, disait-il. Laisse aller ta force, Samson. Débonde le torrent qui balaiera le troupeau impur des ennemis. Tue, éventre, assomme et massacre. Abandonne-toi à la force sublime que Dieu t'a donnée. N'écoute pas ton oncle qui est un faux sage. Il ne comprend pas que la force est le principe de l'honneur. Il ne sait pas que la force est nécessairement fidèle à l'esprit.

D'autres fois, il disait que l'esprit est fidèle à la force, et c'était du reste sans importance. Ces propos firent monter en lui la fièvre patriotique. Il se mit à prêcher dans la ville et dans la région, annonçant l'avènement de la force, le retour d'Israël à l'honneur et trémolant sur les temps futurs et les tempêtes asservies. Un jour qu'il raillait le dieu débile des Philistins, ceux-ci l'empoignèrent et le pendirent dans la campagne. J'avais pour lui une respectueuse affection. Aussi sa mort fut-elle pour beaucoup dans ma décision de brus-

quer mon entrée en scène. J'arrêtai aussitôt un plan puéri-
lement compliqué qui devait aboutir, quelques semaines
plus tard, à une hécatombe facile. Au lieu de massacrer les
Philistins le jour même où j'en avais pris le parti, j'éprouvai
le besoin d'épouser une fille de leur sang et de provoquer, à
la faveur de ce mariage, des disputes, des incidents, des
bagarres et des trahisons, tout cela inutile. Je n'y vois
aujourd'hui qu'une précaution de mon inquiète vanité.
J'avais peur de n'être qu'une machine à tuer et je voulais me
persuader qu'en cette affaire l'intelligence avait autant de
part que la force.

En fin de compte et selon mes prévisions, je fus livré pieds
et poings liés aux Philistins, lesquels, au nombre de trois
mille, me conduisirent dans la campagne au lieu des
exécutions, là où le cadavre de Joad le maquignon achevait
de se dessécher au bout d'une corde. Lorsque les soldats
dépendirent le malheureux pour me faire place, la tête se
sépara du tronc et se brisa elle-même en deux morceaux. A
la surprise de mes gardiens, je fis sauter mes liens aussi
facilement que s'ils eussent été des cheveux. Ivre de sentir
bouillonner en moi une force invincible, je voyais rouge, et
pourtant l'idée me vint de faire participer Joad à ma fureur
vengeresse. C'est alors que, ramassant la mâchoire du
maquignon, je me mis à cogner sur les Philistins dont je tuai
plus d'un millier, tant civils que militaires. Le carnage avait
duré moins d'une demi-heure. Encore convient-il d'observer
qu'une mâchoire de maquignon est une arme médiocre.
Avec un tronc d'arbre bien en main, je me sentais capable de
massacrer cinquante mille hommes par jour sans me fati-
guer et comme en jouant. Mes compatriotes ont fait beaucoup de bruit autour de cet exploit, mais ils semblent ne
s'être jamais demandé pourquoi, ayant si bien commencé la
lutte contre les envahisseurs, je ne l'ai pas poursuivie jusqu'à
conclusion. Rien ne m'était plus facile que de les chasser de
notre pays. Je n'avais qu'à vouloir, et en moins d'une
semaine tout était accompli. Je n'ai pas voulu. Après la

tuerie, alors que les Philistins s'enfuyaient épouvantés, je
jetai loin de moi la mâchoire de Joad et m'assis parmi les
cadavres. Ils étaient tombés dans un étroit périmètre, la tête
éclatée sous les coups de mâchoire. La sang et la cervelle
avaient éclaboussé les corps entassés et dégoulinaient sur les
chairs encore tièdes. Je regardais avec accablement cette
boucherie gluante et grimaçant de toutes ses faces écrabouil-
lées. Les morts ne m'inspiraient d'ailleurs aucune pitié. Je
ne voyais là que le témoignage de ma force, mais il
m'effrayait en même temps qu'il m'humiliait. J'étais loin
d'être le surhomme célébré depuis avec abondance par les
bonnes têtes d'Israël. Ma force m'apparaissait comme une
personne surajoutée à la mienne, un maître qui se servait de
mes membres, de mes mains, de mon corps et disposait sans
discussion de ma volonté. Écrasé sous la pression de ce géant
et emporté par son élan imbécile, je n'étais qu'une créature
dérisoire, reléguée dans un coin de mon être et moins libre
que ne peut l'être un paralytique. Je me pris à envier
l'existence des gens libres. Saisissant l'un des cadavres
amoncelés, je l'assis en face de moi et le regardai comme
jamais je n'avais regardé un homme. C'était un soldat déjà
vieux auquel j'avais défoncé la nuque. Il était un peu plus
grand que moi et plus large d'épaules avec les muscles secs
d'un guerrier entraîné, mais la nature l'avait doté d'une
force honnête, proportionnée aux nécessités de son existence d'homme. Lorsqu'il entreprenait une besogne, il
devait prévoir son effort et vaincre la fatigue. Pour lui, la
bataille était toujours un hasard. Il en connaissait les risques
et surmontait la peur d'affronter ses semblables. J'admirais
cet homme harmonieux dont la force, soumise à la volonté,
n'avait été que l'une des mesures de l'être. Je l'avais tué sans
crainte et sans risque. Il ne m'avait fallu ni courage ni
prudence pour abattre un soldat n'ayant à m'opposer que sa
force d'homme et ses vertus d'homme. Je n'avais eu qu'à me
laisser aller à ce sentiment de fureur que soulevait en moi
une puissance amorphe et aveugle, roulant sur sa pente

comme un bloc de pierre détaché de la montagne. Devant le cadavre du Philistin, je me sentais misérable, amoindri par une tare honteuse. Rejetant le mort sur son tas sanglant, je cachai mon visage dans mes mains et restai ainsi un très long moment à remâcher mon dégoût de moi-même. Tout à coup, un fracas de trompettes me fit sursauter. A quelque deux cents pas débouchait un cortège frénétique et beuglant d'allégresse, qui se dirigeait vers moi. Les fuyards ayant répandu la nouvelle de leur défaite, mes compatriotes venaient célébrer l'événement et fêter le vainqueur. La vue des cadavres décupla leur ivresse. Marchant et dansant sur les morts et pataugeant à plaisir dans le sang philistin, hommes et femmes accouraient vers moi les bras tendus aux cris de « Samson! Vengeur d'Israël! » La première minute de surprise passée, je sentis la colère m'étouffer. Arrachant le bois de la potence, je le brandis d'un geste menaçant qui apaisa les transports de mes admirateurs et imposa le silence aux trompettes. Sous peine d'être broyés à coups de potence, je leur intimai l'ordre de tourner bride et de s'enfuir sans regarder derrière eux. Stupéfaits de mon accueil, ils hésitaient à comprendre, mais un paquet de chaudes injures les décida à la retraite. Silencieux, déçus, ils quittaient le charnier et s'éloignaient à la débandade. Parvenus à bonne distance, leur cortège se reforma au bruit des trompettes et des chants de victoire qui ne devaient jamais cesser. J'attendis la tombée de la nuit pour rentrer à Tsoréa. La maison était en fête et toute résonnante de parents et d'amis. J'allai droit à l'oncle Schiméi qui se tenait à l'écart et lui demandai de me faire raser la tête.

Je découvris avec étonnement la sensation d'équilibre que procure une force musculaire à la mesure de l'homme. Il me semblait aussi que mon esprit devînt plus agile. Pourtant, j'étais moins heureux. Je regrettais ma force et ses faciles satisfactions. Sans le secours de l'oncle Schiméi, qui me mettait en garde contre moi-même, j'aurai cédé à la tentation de laisser repousser mes cheveux. Cependant, ma victoire sur les Philistins faisait grand bruit en Israël. J'étais le héros national, l'inspiré, le lieutenant du Seigneur sur la terre.

Abdon, juge en Israël, mourut et on me pressa de le remplacer. J'étais tenté, mais l'oncle Schiméi me conseillait de refuser. Pour diriger un peuple, disait-il, as-tu donné des preuves d'habileté, de sagesse ? Crois-moi, ces imbéciles te désignent parce qu'ils te considèrent comme une brute puissante. S'ils savaient que tu t'es séparé de ta force, ils ne penseraient pas à toi pour succéder à Abdon, mais ils croient encore à ta force et ils attendent ton règne comme un divertissement monstrueux.

Mon règne aura été pacifique. La crainte que j'inspirais aux Philistins les rendait dociles et je me montrais sévère avec ceux de mon peuple qui croyaient pouvoir profiter d'un renversement de situation pour les brimer ou les voler. Des négociations qui traînaient depuis des années aboutirent en quelques jours, des différends qui paraissaient insolubles furent réglés en un moment. Les droits des Philistins se trouvèrent nettement définis et délimités. Habitués à vivre de vols, d'extorsions, ils supportaient mal leur nouvelle situation et, d'eux-mêmes, abandonnaient peu à peu le pays d'Israël où ils ne trouvaient plus les avantages que leur donnait autrefois la force. A la fin de mon règne, qui devait durer vingt ans, ils ne formaient plus chez nous qu'une minorité timide qui allait sans cesse en s'amenuisant.

Autour de moi, on faisait hommage de ces réussites à mes vertus et à mon génie, mais je savais qu'elles étaient presque uniquement dues au crédit dont jouissaient mes biceps et je crois que tous les gens qui prenaient la peine d'y réfléchir pensaient la même chose. Ma vraie personne restait aussi insignifiante qu'elle l'était du temps où je portais les cheveux longs. Cette conviction m'aigrissait le caractère. Je vivais sans cesse avec le sentiment d'avoir manqué ma vie et de m'être assis entre deux sièges. Deux tentations me sollicitaient, l'une de laisser repousser mes cheveux, l'autre de planter là mes fonctions pour aller vivre une existence normale dans un pays étranger. Je devenais irritable, susceptible et j'entrais à chaque instant dans de violentes colères. Lorsqu'il en était témoin, l'oncle Schiméi ne manquait pas de me faire observer combien elles auraient pu être terribles si je n'avais eu le crâne rasé. Il ne manquait pas non plus, à cette occasion, de me répéter que ma calvitie faisait le bonheur de notre peuple, à quoi il m'arriva plusieurs fois de répondre que je haïssais notre peuple. Et c'était vrai. Ma haine, qui datait des premiers temps de mon règne, s'était aggravée d'année en année. Je détestais ces foules qui adoraient en moi une force bestiale. Leurs acclamations me mettaient hors de sang-froid et je finis par interdire les chants patriotiques qui célébraient la vigueur de mes muscles.

L'oncle Schiméi mourut âgé de cent deux ans et deux mois. Après sa mort, je laissai pousser mes cheveux en me promettant de me conduire en toutes circonstances comme si j'étais encore chauve. Effectivement, je vécus pendant trois mois sans qu'aucun changement dans ma façon d'être apparût à mon entourage. Cependant, je sentais la force de mes jeunes années réintégrer progressivement mon corps et reprendre possession de moi-même. Il faut convenir que ce retour me donnait plus de plaisir que de remords ou d'inquiétude. Néanmoins, je me comportai avec prudence. Je ne touchais aux gens, aux bêtes et aux objets qu'avec les plus grandes précautions. Mes cheveux étaient déjà longs comme la main lorsque, dans une minute d'énervement, je tuai l'une de mes femmes en l'écartant d'un coup de coude un peu impatient. C'était le jour de mon anniversaire et on m'attendait pour la cérémonie qui devait avoir lieu à cette occasion. Devant la maison, une foule nombreuse me réclamait bruyamment. Cette rumeur d'admiration, qui déferlait jusque sur le lit où agonisait ma victime, me parut si inconvenante que je me mis à la fenêtre pour tenter de l'apaiser. Mon apparition fut saluée par des hurlements de joie et un redoublement d'acclamations. Furieux, je me laissai aller à injurier la foule avec une grossièreté qui déchaîna l'enthousiasme. Pour m'être agréables, des imbéciles se saisirent d'un Philistin venu là en curieux et s'apprêtèrent à le mettre à mal. Je ne pus le supporter et, sautant sur la place, je me frayai un chemin dans la foule en direction du malheureux. Les gens se pressaient contre moi, baisaient ma robe et me soufflaient dans le nez leur admiration et leur délire patriotique. Dégoûté par ce contact, toute la haine que je vouais à ce peuple depuis vingt ans me monta au cerveau. Je me mis à cogner dans le tas au hasard avec la violence et aussi l'allégresse que suscite la force au moment où elle trouve enfin une issue. Ce matin-là, je laissai sur le terrain une quarantaine de cadavres et j'ose m'avouer qu'en me retirant je restais sur ma fringale. Le soir même, je quittais la ville secrètement et partais pour Gaza où, dès mon arrivée, je me mis en quête d'une jolie fille qui fût prête à me vendre aux Philistins. Je l'ai trouvée sans peine et mon secret s'est échappé au jour que j'ai choisi.

Tu m'as conté ton histoire. Voilà la mienne et peut-être n'est-elle pas finie. Les yeux crevés, les cheveux ras, j'ai trouvé, dans cette prison où nous nous relayons à la meule, ce que j'ai cherché toute ma vie. Privé de ma force et du prestige qui s'y attachait, je me suis vu tel que nous sommes tous lorsque le Seigneur nous retire la grâce particulière qu'il accorde à chaque homme. J'étais vaincu, misérable, mais quand je me parlais à moi-même, je n'avais plus à compter avec une présence étrangère ni avec son ombre. Je me trouvais assez heureux pour souhaiter de finir mes jours enchaîné à ces besognes d'esclave. Mais mes cheveux commencent à repousser. De nouveau, le don du Seigneur est en moi et je songe ardemment à des catastrophes, car j'ai beau être aveugle, la force qui renaît dans mon corps n'en trouvera pas moins une échappée.

## Manquer le train

M. Garneret traversa le jardin du casino et s'assit à l'ombre d'un marronnier à côté d'une vieille dame qui tricotait un boléro. Au sourire qu'elle lui adressa, il souleva son chapeau, puis s'abritant derrière son journal, il se prit à songer à son rhumatisme, à sa cure, à sa femme qui prenait le thé à l'intérieur du casino, aux mines du Congo qui avaient baissé de trois points dans la journée d'hier. Son journal tomba sur ses genoux et il sentit ses paupières s'alourdir. La vieille dame lui sourit avec insistance et, approchant sa chaise de la sienne, demanda :

– Naturellement, mon visage ne vous dit rien ?

– Pardonnez-moi, fit M. Garneret avec une franchise un peu agressive, mais vraiment...

– Et mon nom ne vous dit rien non plus ? Mlle Jurieu-Rabutot... Sophie Jurieu-Rabutot...

M. Garneret confessa qu'il n'y était pas du tout. Mlle Sophie posa son tricot et dit avec un soupir :

– Ne cherchez pas, vous ne m'avez jamais vue. Je suis celle que vous auriez aimée il y a quarante-cinq ans si vous n'aviez pas manqué l'express à Dijon dans la nuit du 17 au 18 avril. Mais vous avez bien sûr oublié cette mésaventure...

– Je ne l'ai pas oubliée ! s'écria M. Garneret. Vous pensez ! c'est dans le train suivant que j'ai fait la connaissance de celle qui allait devenir ma femme !

– Ah! Ah! Eh bien, si vous aviez attrapé le premier train, c'était moi qui devenais votre femme.

M. Garneret hocha la tête, accordant que tout était possible.

– Voulez-vous savoir comment les choses se seraient passées? dit Mlle Sophie. J'étais seule avec maman dans un compartiment de seconde. Vous montez avec vos deux valises, vous vous installez dans un coin. De temps à autre, vous jetez un coup d'œil vers moi. Il faut dire que j'étais bien jolie et la taille si fine avec cette tournure qui m'avantageait encore... Au bout d'une heure, maman se lève pour prendre une grosse valise dans le filet. Vous vous précipitez, et la conversation s'engage...

– C'est comme pour ma femme, remarqua M. Garneret.

– Vous parlez avec maman de toutes sortes de choses et gentiment vous me mêlez à la conversation. De temps à autre, nos genoux se frôlent. Mon Dieu, ces premiers frissons... Vous portez la raie bien droite au milieu et une moustache déjà grande pour vos vingt-trois ans, et qui frise si gracieuse sur le milieu de la joue. Ah! Cette moustache! Je la dévore des yeux...

– C'est ce que ma femme me disait aussi une fois mariés, murmura M. Garneret en passant la main sur son poil blanc.

– Maman comprend que vous êtes d'une bonne famille. Elle s'intéresse beaucoup à vous, et moi, est-il besoin de le dire? je ne rêve déjà plus qu'à d'autres rencontres. Maman vous fait promettre de venir à son prochain vendredi et vous venez, Victor! Vous venez!

– Oui, oui, je me rappelle...

– Pendant dix minutes, nous sommes ensemble dans un coin du salon. Vous me parlez d'un livre de Paul Bourget...

– En effet, je me souviens parfaitement...

– La maison vous a produit une impression plutôt favorable. Deux bonnes, et maman a pris un maître d'hôtel en extra. Vous faites prendre des renseignements sur la situation de papa...

– Et je dois dire que je reçois toutes les assurances désirables. Mon beau-père n'était pas un aigle, il s'en fallait bien, mais il savait au moins écouter les conseils de son cousin le directeur. Il a toujours acheté des valeurs de premier ordre, c'est une justice à lui rendre.

– De son côté, papa se renseigne aussi. Tout est pour le mieux. Nos deux familles se rencontrent et se voient régulièrement. Je suis dans la fièvre... l'amour, le trousseau, les deux douzaines de tout... Et pourtant, quelles alarmes! Le mariage manque de craquer à cause de la dot...

– Le beau-père était coriace et, chez moi, on ne badinait pas sur ces choses-là...

– Enfin, tout est arrangé. Cent mille et les espérances. Fiançailles. Mariage. Les cadeaux. La cérémonie. Votre père s'est assuré un général et maman apporte un chef de cabinet. Le repas, les toasts. Et puis, c'est Venise...

– Venise, soupira M. Garneret. Venise, les canaux...

Il regarda Mlle Sophie et eut un serrement de cœur. Ce n'était pas la nostalgie de Venise ni de sa jeunesse, mais cette idée que son destin manqué ressemblait de si près au destin accompli. A vingt ans, il s'était cru capable de toutes les aventures et, à soixante-huit, il commençait à soupçonner que son répertoire avait été bien court. Peut-être même n'était-il né que pour cette unique pièce où n'importe quelle Sophie lui eût donné la réplique... M. Garneret, qui s'était parfois laissé aller à regretter le départ de son existence, se sentait maintenant appauvri. Voulant espérer encore, il demanda d'une voix impatiente :

– Et après?

– Après, c'est le retour à Paris. La vie conjugale s'organise. Vous aviez gardé une liaison...

– Ah! oui, Lucienne. Je l'ai liquidée six mois après notre mariage...

– Parce que je l'ai exigé. Mais quel coup, quelle désillusion pour moi... Je vous aimais si tendrement, si jalousement...

– Oui, bien sûr... mais enfin, ce n'était pas extraordinaire...

– Ingrat, soupira Mlle Sophie en lui donnant sur les doigts un coup de son aiguille à tricoter. Hélas! d'autres tourments m'étaient réservés. Il y a eu la jeune femme de votre secrétaire, il y a eu la fille du vieil employé, une petite brune que vous installez dans un appartement de la rue Saint-Lazare, à côté de votre bureau...

– Que voulez-vous, les hommes sont ainsi. Ils aiment bien faire plaisir à tout le monde.

– Taisez-vous, c'est affreux. Toutes ces maîtresses, et moi qui souffre en silence. Le miracle est que je puisse tenir ainsi pendant dix ans. Enfin, je me révolte...

– Tiens, tiens, fit M. Garneret, mais c'est intéressant...

– Oh! je me révolte sans bruit. Vous ne saurez jamais rien du changement qui s'est opéré en moi. Un soir, vous êtes en Belgique, et votre cousin Ernest, le capitaine aux gardes républicains, vient à la maison. Il me voit toute mélancolique, nerveuse, oppressée. Il me prend la main, je pleure contre son épaule, il me serre sur sa tunique, je sens sa moustache sur ma joue, j'ai la tête en feu, je lui dis... ah! je lui dis... « Ernest »... il m'emporte...

La vieille demoiselle avait repris son ouvrage et tricotait avec des gestes saccadés en s'agitant sur sa chaise. M. Garneret sentait lui monter au visage le sang de la congestion. Il aurait voulu parler, se débattre, sa gorge était nouée. Mlle Sophie s'exaltait :

– Je vais chez lui presque tous les jours. Comme je suis heureuse et qu'il est beau, mon capitaine! ces épaules, ce regard, et ces façons militaires... J'en suis folle. Dans ses bras, je deviens un démon. Je ne me reconnais plus. Un vrai démon, je vous dis... Et jamais je n'ai été aussi belle. Vous-même me le faites remarquer. Quel plaisir de se venger ainsi, à votre insu, de toutes vos trahisons... Mais tout a une fin. Le capitaine s'en va à d'autres amours. De mon côté, je connais Lucien, ce petit employé que vous avez pris en affection. Mon Dieu, quelle charmante jeunesse... Et puis, c'est un cornet à piston des Concerts Colonne, un être velouté qui se plaît à me torturer... Deux autres aventures de moins d'importance me conduisent à la quarantaine. Mais je n'ai plus autant d'ardeur à me venger. Le mensonge et ses complications commencent à m. peser. J'apprécie de plus en plus l'existence commode. Je m'occupe de bonnes œuvres et j'ai besoin de toute ma dignité. Au fond, je vous ai gardé malgré tout une solide affection...

Les coudes sur les genoux et le visage dans ses deux mains, M. Garneret entendait confusément Mlle Sophie qui poursuivait d'une voix apaisée :

– J'ai oublié vos petites trahisons comme j'ai oublié les miennes. Est-ce que je vous ai dit que nous avons une fille ? Elle s'est mariée avec un jeune homme de bonne famille, qui a fait son chemin. Ils ont deux enfants. L'aîné vient d'être reçu brillamment à Polytechnique. Et nous, nous vieillissons heureux et unis en évoquant les étapes de notre bonheur. Vous surveillez les cours de la Bourse pendant que je tricote pour mes pauvres... Et voilà la vie...

– Voilà la vie, répéta M. Garneret après un très long silence.

Avec fatigue, il releva la tête. Du tricot aux aiguilles agiles, son regard monta au long d'un corsage de soie noire et il eut la surprise de découvrir le visage de sa femme sous un large chapeau de saison. Il jeta un coup d'œil inquiet du côté du jardin : Qui s'éloignait tricotant, vers le jet d'eau du rond-point, c'était sans doute la silhouette de Mlle Sophie.

– J'arrive du casino en nage, dit Mme Garneret. Il fait là-dedans une chaleur... Mais sais-tu que j'ai des renseignements sur les pauvres que j'ai vus hier ? Ils ne paraissent pas très bien. Je crois que je garderai mon chandail pour notre œuvre de la Petite Médaille. Je sais bien que, d'un autre côté, l'article chandail est toujours d'un meilleur rendement en province qu'à Paris. C'est effrayant ce que les Uniprix peuvent nous faire de tort. Il faudra que j'avise avant la campagne d'hiver. Tu as fini ton journal ?

– Oui... les mines du Congo ont perdu trois points...

– A propos, j'ai des éclaircissements sur les gens de la chambre 15... J'avais deviné juste : un faux couple!... Mais qu'est-ce que tu as ? Tu me regardes drôlement...

– Non, rien.

– Est-ce que ce ne serait pas ce bœuf en sauce qu'on nous a servi à midi ?

– Oui, c'est sûrement le bœuf, dit M. Garneret.

Il s'éventa avec son chapeau et ajouta :

– En tout cas, pour les mines du Congo, il me reste une assez belle marge. J'ai acheté à 272.

## Un poète nommé Martin

Il y avait un poète nommé Martin qui écrivait des poèmes d'une inspiration si forte et si touchante qu'il suffisait, dans les circonstances difficiles, de se réciter l'un d'entre eux pour être tiré d'affaire. Par exemple, quand des policiers pendaient une personne à un bec de gaz, elle n'avait qu'à réciter deux ou trois vers de Martin et la corde cassait. Ou bien, si on lui flanquait un coup de fusil ou de revolver, la balle rebondissait sur sa peau et s'en allait frapper celui qui l'avait tirée. Ou encore, si quelqu'un avait faim, il arrêtait le premier venu pour lui réciter un poème de Martin, et ce premier venu, avec des larmes plein les yeux, courait lui acheter un jambon et deux livres de pain.

Ainsi, dans tous les moments pénibles de la vie, pouvait-on recourir à la poésie de Martin. On n'avait jamais de déception. Martin, c'est compréhensible, connut un très grand succès. On ne lisait plus que ses œuvres, et personne ne voulait perdre son temps à entendre des discours électoraux ou à lire des éditoriaux. Les partis politiques voyaient fondre leurs effectifs et n'avaient presque plus d'argent dans leurs caisses. Enfin, il n'y eut plus dans le pays qu'un seul parti, celui de la poésie, et les gens furent à peu près heureux.

## Un coureur à pied du nom de Martin

Il y avait à Paris, dans une rue du quartier de la Goutte-d'Or, près du boulevard de la Chapelle, un coureur à pied du nom de Martin, qui avait un cœur pur et une belle foulée. Ce n'était pas un très grand coureur et les chroniqueurs sportifs mentionnaient rarement son nom, bien qu'à l'arrivée du 2 000 comme à celle du 1 500, il se plaçât presque toujours honorablement. Disons donc qu'il était un coureur moyen, mais un bel athlète qui aimait le sport pour le sport. A la compagnie d'assurances où il était un employé laborieux et ponctuel, on lui accordait des facilités pour son entraînement et deux ou trois fois par semaine, le sous-directeur l'appelait à son bureau pour l'entretenir affectueusement de la course à pied. «Martin, lui disait-il, j'espère que cette fois vous tenez la grande forme. Montrez-moi donc un peu vos jambes.» Le coureur de fond relevait alors ses jambes de pantalon et le sous-directeur, après lui avoir palpé les mollets, les genoux et les chevilles, les couvrait de baisers pendant plusieurs minutes. Martin ne voyait du reste dans ces baisers que l'expression un peu singulière d'une grande dévotion à la course de fond, car toutes ses pensées étaient limpides et il méprisait ou il ignorait les incitations de la chair. Normalement, il aurait dû, la trentaine passée, se laisser marier par son dentiste à une grande et forte fille éprise d'un curé et portant sur les jambes un poil dur comme celui des brosses à dents. Par malheur, il devint prématurément amoureux d'une garce aux yeux de jade, qui faisait métier d'agacer les mâles désœuvrés passant sur le boulevard de la Chapelle. Une semaine, il lutta contre la montée d'une passion qu'il jugeait détestable en soi et funeste à son avenir de coureur. Pour vaincre l'obsession, il occupait ses loisirs à contempler ses propres jambes, ce qui lui arrivait du reste assez coutumièrement, les baisers du sous-directeur l'ayant incliné à un narcissisme tout innocent. Rien n'y fit et l'amour finit par être le plus fort. Un soir, le coureur de fond suivit dans une chambre d'hôtel la fille aux yeux de jade, qui lui signifia dès la porte close : « C'est quinze cents balles sans les suppléments. Bien entendu, on paie d'avance. » Ayant payé le prix de l'amour, il lui dit qu'il donnait son cœur, qu'il l'aimait plus que la course à pied, qu'il était prêt à l'épouser. Pour réponse, elle eut un grand rire de salope et souleva sa robe. Tatouée sur le ventre, elle portait en lettre capitales une inscription votive dont il prit connaissance avec l'émotion que chacun devine : « Tout est à Gustave pour la toute. » Le désespoir de Martin fut atroce. Après avoir erré toute la nuit dans le quartier de la Goutte-d'Or, il descendit dans la tranchée des chemins de fer du Nord et aux premières lueurs de l'aube se coucha sur les rails où le train pour Bruxelles lui sectionna les jambes.

# Héloïse

Il y avait à Paris, dans le quartier des Enfants Rouges, un nommé Martin qui croyait être un balai neuf et qui aurait voulu que sa concierge l'eût en main à chaque instant. On l'enferma dans un asile et on n'en parla plus. Dans le quartier de la Goutte-d'Or, il y avait un autre Martin qui, se prenant pour un calembour, s'irritait de ne pas voir les gens éclater de rire à son approche. On l'enferma aussi. Le Martin que je veux dire, c'est celui qui habitait le 39 *ter* de la rue des Dames, dans le quartier des Batignolles. Loin d'avoir l'esprit dérangé, il possédait un parapluie, votait pour le parti M.R.P. et, sur toutes choses, raisonnait sainement. « Mieux vaut tenir que courir » était un de ses adages favoris. De ce qu'il faisait pour gagner sa vie et celle de sa femme, je ne saurais rien dire de certain, sinon qu'il était intermédiaire. Il avait, du côté de la rue du Louvre, un bureau, une secrétaire, un téléphone et une boîte de cigares. Au physique, taille moyenne, visage sérieux et moustache Hollywood. Les locataires du 39 *ter* l'estimaient presque tous.

A l'âge de trente-cinq ans, qui n'est pas réputé critique pour les hommes, il lui arriva une aventure troublante. Tous les soirs, sur le coup de huit heures, Martin changeait de sexe pour, le lendemain matin à huit heures, revenir au masculin. Probablement que son subconscient l'avait travaillé. Depuis quelques années, les journaux sont pleins de ces métamorphoses, mais à ma connaissance, aucun changement de sexe n'offre cette alternance régulière et quotidienne. Le professeur Mondor, que j'ai entretenu du cas Martin et poussé un peu librement à cause de notre appartenance à une même maison d'édition, n'a pas semblé surpris et m'a répondu : « Comme la poésie, la nature a ses souterrains, ses latences profondes. Un matin, vous vous réveillez avec une oreille de lapin au cul. Pourquoi ? Vous n'avez jamais pensé à une oreille de lapin, vous n'en avez jamais rêvé non plus. Simplement, l'oreille s'était élaborée dans votre sub. Je connais d'ailleurs une histoire bien plus troublante que celle de votre métamorphose : Mallarmé a découvert un jour dans sa mémoire quatre vers qu'il n'y avait jamais mis et qu'il ne reconnaissait pas pour les siens. D'où venaient-ils ? de quels abîmes ? Mais je prépare sur ces quatre vers un ouvrage important. »

Le premier soir qu'il se vit réellement pourvu d'une poitrine de femme et dépourvu de certaines qualités, Martin fut extrêmement contrarié et son épouse le fut aussi. Croyant à une métamorphose définitive, ni l'un ni l'autre ne put fermer l'œil de la nuit.

— Qu'est-ce que va dire ma mère ? se lamentait Mme Martin.

— Je me fiche bien de ta mère, répondait Martin d'une voix qui avait tourné au soprano. Ce qui m'inquiète, ce sont mes affaires. Je ne peux pourtant pas aller à mon bureau avec une poitrine pareille. Ça se verra.

De fait, sa poitrine était importante et se tenait d'ailleurs très bien. Entièrement nu pour se mieux repaître de son malheur, il arpentait la chambre à coucher en se tenant les seins, parfois les abandonnant à leur poids sans y penser, ce qui ne manquait pas de le gêner, car en dépit de leur consistance, ils ballaient un peu.

— Donne-moi un soutien-gorge, dit-il gravement.

Sa femme, dont les larmes ne tarissaient pas, alla lui en

chercher un et l'aida à l'ajuster. Ainsi affublé, il se planta devant la glace et s'examina avec plus d'attention qu'il n'avait fait. D'une taille moyenne pour un homme, Martin était une grande femme, solidement plantée. La cuisse, le mollet avaient pris de l'arrondi et la fesse aussi. Les traits du visage s'étaient amenuisés et dans l'œil, il y avait une douceur et comme un mystère. Les cheveux noirs étaient à la mode du jour, avec une mèche argentée au milieu.

– Qu'est-ce que je vais devenir? sanglotait l'épouse.

Pour l'instant, Martin ne s'en souciait guère. Rêveusement il contemplait son image dans le miroir.

– Dire qu'il y a des hommes qui feraient peut-être des folies pour moi.

– Ils ne seraient pas difficiles.

– Je suis mieux faite que toi, répliqua Martin. Et du visage je suis aussi plus belle et plus jeune.

En parlant de lui, Martin avait naturellement employé le féminin et, comme disent les personnes d'une certaine culture, « il se pensait » au féminin. Le reste de la nuit se passa à faire de tristes projets d'avenir, comme de s'expatrier ou d'aller vivre dans un autre quartier en se faisant passer pour sœurs. Mais ni l'un ni l'autre ne livrait le fond de sa pensée qui était de vivre sa vie. « Ce qu'il me faut, pensait Martin, c'est un homme » et, misère de la chair, sa femme pensait la même chose.

– Le matin, dit-elle, tu passeras l'aspirateur et tu éplucheras les carottes. Ça me permettra de faire un peu de courrier.

– Il va falloir que je pense à m'acheter du linge et des robes. Je ne peux pas rester comme ça.

Martin se sentait peu d'inclination pour les besognes ménagères. Sans avoir pris le temps d'y réfléchir, il lui semblait être né pour l'amour, la parure, les mystères flatteurs de l'éternel féminin. « Je t'en ficherai », grommelait Mme Martin. A huit heures précises du matin, comme le couple venait de se lever après une nuit blanche, elle fut la première à s'apercevoir de la seconde métamorphose. Soudainement, Martin était redevenu un homme. Elle poussa un cri de bonheur et lui sauta au cou. Martin était bien content aussi, mais en regardant son soutien-gorge vide, il avait un regret au cœur, celui d'avoir manqué une expérience rare et intéressante.

Au bout de quelques jours, lorsqu'il fut avéré que le changement s'opérait quotidiennement dans les deux sens, la discorde commença de s'installer au foyer. La nuit les époux se supportaient péniblement. Martin, qui était alors une fort belle femme, avait pour sa propre féminité une complaisance presque humiliante pour l'épouse et celle-ci se retranchait dans un mépris venimeux à l'égard d'une créature qu'elle disait être froide et sottement attachée aux vaines apparences. Bientôt, les deux femmes se mirent à faire chambre à part et à cesser de se tutoyer.

— Vous êtes une pauvre fille, disait Mme Martin à son mari, une pauvre fille plus à plaindre qu'à blâmer, car il vous manque une expérience de femme que vous ne pourrez jamais rattraper.

— Détrompez-vous, répondait l'autre avec une perfide ambiguïté. J'ai une plus grande expérience des femmes que vous ne pensez.

C'est ainsi que le soir, Martin, pour la satisfaction d'un moment, laissait échapper des paroles qui lui retombaient sur le dos le lendemain matin. Dès qu'il avait viré au mâle, l'épouse exigeait aigrement des explications.

— Mais non, protestait-il. J'ai dit ça comme ça. Tu sais comment sont les femmes.

Il réussissait rarement à se laver de certaines accusations qui n'étaient d'ailleurs pas fondées. L'homme avait aussi à se prononcer à propos d'une querelle survenue quelques heures plus tôt entre les deux femmes, et par fidélité à soi-même, il se donnait le plus souvent raison. Mais ce qui aggravait la mésentente entre les trois éléments du ménage, c'était la claustration à laquelle Martin se trouvait soumis en tant que femme. Les premiers temps, tous trois s'accordaient à penser qu'il fallait tenir la métamorphose secrète et que la prudence commandait de ne pas sortir le soir : quelques alarmes avaient contribué à les rendre timides.

Un dimanche, vers la fin de l'après-midi, des cousins de Besançon étaient arrivés inopinément. Ils s'excusaient de n'avoir pas averti, mais se trouvant à Paris entre deux trains, ils avaient pensé qu'on serait content de les voir. Le cousin et la cousine formaient un couple expansif et jovial qui ne laissait pas la conversation s'étioler. Les Martin leur firent bon accueil, mais à sept heures passées, les cousins étaient encore là et ne semblaient pas pressés de partir.

– On ne vous retient pas à dîner, dit Martin. Des amis nous ont justement invités.

Les cousins protestèrent qu'ils n'étaient pas venus pour dîner.

– Ne faites pas attention à nous, dit la cousine. Préparez-vous tranquillement et nous descendrons ensemble.

A huit heures moins le quart, après avoir balancé s'il confesserait son secret, Martin, affolé, sortit précipitamment en bredouillant qu'il allait faire une course et alla attendre la métamorphose dans une rue déserte. A cause de sa coiffure de femme et de la poitrine qui gonflait son veston, il n'osait pas affronter le regard des passants pour rentrer chez lui. Il s'y résolut pourtant sur la minuit et se trouva à l'entrée de l'immeuble en même temps que ses concierges qui revenaient du cinéma. Intrigués par l'accoutrement de cette inconnue et voyant son trouble, ils lui demandèrent chez qui elle allait. Pour ne pas perdre leur considération, il donna le nom d'un voisin de palier dont la femme était justement absente pour quelques jours. Une autre fois, nu et tenant ses seins dans ses mains, il déboucha un matin en face du facteur venu apporter un pli recommandé et se métamorphosa dans la seconde même. Croyant être le jouet d'une hallucination, le facteur rentra chez lui se mettre au lit et je crois savoir que depuis ce jour-là il ne se porte pas très bien.

Il arriva aussi qu'un homme, avec lequel il était en affaires depuis plusieurs années, ayant téléphoné chez lui pendant le repas du soir, Martin décrocha l'appareil et, à propos d'un prix de revient, fut amené à fournir de longues explications qu'il poursuivit soudain d'une voix de femme, ce qui passa auprès de son interlocuteur pour une plaisanterie déplacée.

Dans la journée, Martin pensait beaucoup à la forme féminine qu'il avait dépouillée le matin et qu'il allait réintégrer le soir. Il y pensait même avec intensité, se représentait si vivement son visage et son corps de femme qu'il en avait parfois la face empourprée. De son côté, elle, qui s'irritait d'être vierge encore à trente-cinq ans, s'intéressait à lui comme au seul homme qu'elle connût et dont elle entendît parler dans la maison. Moins de trois semaines après la première métamorphose, ils étaient déjà très épris l'un de l'autre. Comme il leur était impossible de se joindre jamais, ils s'écrivaient de longues lettres dans lesquelles ils mesuraient la force de leur passion et se juraient fidélité. Leurs lettres différaient autant par la substance que par la forme de l'écriture, ce qui ne surprendra pas les personnes d'un peu de réflexion, puisque l'un avait une sensibilité masculine, l'autre féminine. Chacun avait une optique des choses si particulière qu'il leur arrivait de ne pas se comprendre et l'opposition allait chaque jour s'affirmant. Bientôt ils n'eurent plus en commun que la mémoire. Encore voyaient-ils venir le temps où leurs souvenirs ne coïncideraient plus et où chacun d'eux se demanderait ce qu'avait fait l'autre pendant la nuit ou la journée. Ce fut à peu près ce qui se produisit. Toutefois, ils conservèrent une frange commune de souvenirs se rapportant à de courts moments qui précédaient et suivaient immédiatement l'heure des métamorphoses. Cela suffisait à assurer une continuité entre les deux personnages et à leur donner la certitude qu'ils ne seraient jamais étrangers l'un à l'autre.

Mme Martin ne tarda guère à être informée de cette grande passion. Déjà, elle avait surpris Martin aux approches de minuit, l'œil noyé et la gorge palpitante, en contemplation devant la photographie de Martin.

– Je vous défends de regarder mon mari avec des yeux polissons.

Un jour, procédant à des rangements méthodiques, l'épouse avait découvert, dans un dossier d'assurance-incendie, un paquet de lettres adressées à Martin et signées Héloïse. Tel était le prénom que Martin s'était choisi pour écrire à Martin et peut-être l'avait-il élu, ce prénom, en raison de l'impossible rencontre des amants. Dans un autre dossier, elle découvrit les lettres de Martin à Héloïse. Les sentiments y parlaient assez fort pour qu'après lecture elle n'eût pas le moindre doute. A midi, lorsque Martin rentra déjeuner, elle lui fit une scène atroce, le traitant de bouc puant, de catoblépas lubrique et lui adressant, entre autres reproches, celui de nourrir une passion incestueuse. Sans doute avait-elle raison sur ce point si l'on considère qu'un individu est à soi-même son plus proche parent, mais il y a là matière à disputer, la parenté impliquant une consanguinité qui n'est nullement établie en ce qui concerne les deux incarnations de Martin. On pourrait aussi arguer que l'inceste n'était ni de fait ni d'intention, vu que l'impossibilité de le consommer apparaissait clairement aux deux parties.

Pour se soustraire autant que possible aux fureurs de sa femme, Martin prit l'habitude de ne pas rentrer chez lui pour le repas de midi. Le matin il procédait hâtivement à sa toilette afin de s'échapper plus tôt et le soir il s'attardait au-dehors, non toutefois autant qu'il l'eût souhaité, redoutant l'imprévisible accident qui l'aurait obligé à subir sa métamorphose dans l'autobus ou sur le trottoir. A partir de huit heures du soir, lorsqu'il avait changé de sexe, force lui était de subir l'humeur de la maîtresse de maison. Intrigante, grue, Marie-couche-toi-là, étaient les moindres injures qu'il dut encaisser.

– Vous êtes une vieille fille, lui disait l'épouse en faisant méchamment allusion à sa virginité. L'amour n'est pas l'affaire des vieilles filles. Et d'ailleurs, comment pourriez-vous aimer, vous qui n'avez jamais vu un homme, qui n'avez jamais parlé à un homme?

– N'est-il pas tout simple d'aimer qui vous aime? Écoutez ce que Martin m'a écrit dans l'après-midi : « Ta bouche, m'écrit-il, ta bouche est un cœur saignant du sang de mon cœur, tes seins sont des pigeons envolés d'un lilas... » Est-ce qu'il vous écrit des choses aussi belles?

– Grue! Vous êtes une sale grue! Et Martin est un imbécile. Votre bouche, parlons-en! une tranche de foie de veau.

Un soir, ne se contenant plus, la femme de Martin se jeta sur sa rivale comme pour l'exécuter, mais Héloïse, qui était d'un format plus important que le sien, la maîtrisa sans trop de peine. Les rapports entre les deux femmes n'en furent pas améliorés. L'épouse imaginait chaque jour de nouvelles vexations, de nouvelles brimades. Par exemple, elle s'arrangeait pour que le repas du soir fût servi après huit heures, ayant elle-même préalablement dîné, et ne donnait pour toute nourriture qu'un brouet clair sans aucun goût.

– Vous me faites mourir de faim. Je me plaindrai, j'écrirai à Martin.

Ces persécutions et l'atmosphère constamment tendue qui régnait au foyer devinrent à Héloïse si insupportables qu'elle prit la résolution de sortir le soir. Elle écrivit à Martin de lui acheter robes et chaussures, ce qu'il fit le lendemain même, non sans appréhension. Le premier soir qu'elle s'habilla, l'épouse prétendit l'empêcher de sortir.

– Vous ne quitterez pas l'appartement. Ce serait courir un risque auquel vous n'avez pas le droit de nous exposer. D'ailleurs, vous n'avez pas la permission de Martin.

– Je suis Martin, répondit Héloïse avec hauteur.

La première soirée passée au-dehors à flâner par les rues, malgré la joie d'être libre, eut un goût de mélancolie, car Héloïse ressentait vivement l'absence de Martin. En voyant déambuler sur le trottoir des couples heureux ou apparemment tels, il lui vint plusieurs fois des larmes dans les yeux. Rentrant à la maison, elle écrivit à l'amant une lettre si tendre qu'après lecture, il en eut toute la matinée‾ la mâchoire tremblotante et le cœur comme fondant. Les soirs suivants, dans la rue ou au spectacle, la solitude lui parut moins cruelle. Martin est en moi, se disait-elle, comme je suis en lui pendant la journée. Il est avec moi au cinéma et assurément que le pauvre chéri est heureux de voir un bon film qui le repose de son travail.

Au cours de ses soirées, Héloïse rencontrait souvent des hommes empressés et n'était pas insensible aux entreprises de certains d'entre eux, mais son amour était assez fort pour qu'elle les écartât presque sans regret. La seule tentative vraiment dangereuse s'offrit à elle sous les traits d'un homme jeune, grand, mince, d'un très beau visage et d'une infinie distinction. A cause de son élégance, de la coupe de ses vêtements, de l'exquisité de ses cravates, les femmes avaient envie de lui comme d'une parure en pensant qu'il irait bien avec tel de leurs tailleurs ou de leurs robes. Mieux encore, ses yeux clairs avaient un regard lointain, comme si lui-même se fût absorbé dans le souvenir d'une grande douleur ou dans des transes métaphysiques. Le hasard les ayant mis plusieurs fois en présence l'un de l'autre, il lui dit qu'il l'aimait, très simplement, et avec un air d'ennui qui la fit pâlir d'émoi. L'homme avait détourné la tête, le regard vague, comme si déjà il ne pensait plus à ce qu'il venait de dire et attendait qu'elle lui tombât dans les bras. Héloïse ne tomba pas. Elle fit un pas en avant, un pas en arrière et, avec exaltation, parla du grand amour qui était sa raison de vivre. Sans insister autrement, l'autre dit tant pis, salua et rentra chez lui se faire sauter la cervelle. D'avoir triomphé d'une épreuve aussi difficile, Héloïse conçut de l'estime pour sa propre vertu, et son amour s'en trouva embelli, grandi, fortifié. A cette époque, elle écrivit à Martin des lettres claironnantes de passion, du reste admiratives et qui sont des morceaux d'anthologie. Elle ne craignait plus aucune tentation et ne faisait que rire des œillades, des madrigaux et des invites les mieux enveloppées que lui adressaient les hommes les plus beaux, les plus séduisants, les plus spirituels, les plus raffinés. Malheureusement, un soir qu'au sortir du cinéma, elle était entrée se rafraîchir dans un bar, elle y fit la rencontre d'un photographe marseillais, courtaud, velu, bavard, jovial et exhalant une âcre odeur de sueur, comparable à celle du bouc – en bref appartenant à cette variété d'hommes que la plupart des femmes préfèrent secrètement pour leur apparence un peu animale et leur vulgarité entraînante, mais dont elles parlent ordinairement avec une affectation de dédain ironique, autant par pudeur que par une sorte de réaction de défense. Tout en buvant un jus de tomate et en riant aux histoires drôles que débitait le photographe, elle respirait le remugle du mâle, mangeait des yeux ses yeux luisants, sa barbiche, son cou replet, ses cheveux gras, et ne pouvait se défendre de l'imaginer à moitié nu, le corps enveloppé par la graisse, couvert d'une épaisse toison noire qui moussait aux bords du gilet de flanelle. Il racontait des histoires de plus en plus grivoises qui le faisaient s'esclaffer lui-même tandis qu'il approchait sournoisement son tabouret de celui d'Héloïse et son visage de son visage.

Mme Martin rapportait à son mari que « la sale femme » rentrait couramment à quatre heures du matin et parfois plus tard. Il crut Héloïse qui protesta fermement contre cette accusation et, dans l'une de ses lettres, précisa qu'une seule fois il lui était arrivé de rentrer à trois heures pour être allée dans un cabaret de la rive gauche. Tant d'aveuglement exaspérait l'épouse qui s'entêtait à vouloir le persuader et, pendant les quelques heures de la journée qu'il passait à la maison, ne lui laissait pas un moment de répit.

— Je te dis que cette nuit encore, elle est rentrée passé cinq heures.

— J'en ai assez, finit-il par lui dire. Si tu me parles encore de l'heure à laquelle elle rentre, Héloïse et moi, nous prenons une chambre à l'hôtel.

— Imbécile! Une chambre à l'hôtel, tu peux être sûr qu'elle y recevrait des hommes toute la nuit.

En dépit de la pleine confiance qu'il accordait à Héloïse, Martin éprouvait une inquiétude qui semblait n'avoir pas d'objet précis et qu'il croyait pouvoir rapporter à cette superstition de deux existences condamnées à ne se rencontrer jamais. A la réflexion, ce qui l'attristait le plus était de se dire que son Héloïse, ayant un grand cœur, une sensibilité délicate et des loisirs pour en souffrir, devait être beaucoup plus malheureuse que lui. Cette idée lui devenait insupportable.

Un matin il s'éveilla un peu plus tard qu'à son habitude. Il était huit heures dix. Couché sur le côté et retardant l'instant d'ouvrir les yeux, il sentait une présence dans son lit et voulait croire que ses plus beaux rêves se réalisaient : l'existence de sa chère Héloïse se prolongeait après huit heures, et ils allaient enfin se connaître, fondre dans les bras l'un de l'autre. Il lui sembla que le corps d'Héloïse qui haletait doucement s'approchait du sien et s'approchait si près qu'il eut tout à coup la particulière certitude qu'il ne pouvait s'agir ni d'elle ni d'une autre femme. Il fit un saut de carpe et poussa un cri en se trouvant face à face avec un gros homme barbu.

— Qu'est-ce que ça veut dire? rugit le photographe marseillais. Qu'est-ce que tu fais ici?

— J'attends justement que vous me l'expliquiez, répondit Martin.

— Comment? Je vous trouve couché dans mon lit et ce serait à moi à vous fournir des explications?

– C'est bon. N'en parlons plus.

Vêtu d'une chemise de nuit rose qui lui tombait aux pieds Martin se leva, comprenant tout à coup de quel trahison il était la victime. Le photographe, dont le torse velu émergeait des draps, aboyait derrière lui :

– Vous allez me dire d'abord comment vous êtes entré chez moi ? Et ensuite quelles étaient vos intentions en vous introduisant dans mon lit.

Sur le dos d'un fauteuil, Martin aperçut la robe, les bas et le soutien-gorge d'Héloïse. Il s'en empara.

– Laissez ça tranquille! cria le photographe. Je vous défends d'y toucher.

– Pardon. Ce sont les vêtements d'Héloïse que vous avez assassinée, n'est-ce pas ? Et vous m'avez fait enlever à mon domicile de la rue des Dames pour me faire subir le même sort. Inutile de rire. La police saura bien vous faire avouer. Pour me permettre de sortir d'ici et d'aller vous dénoncer vous allez me prêter un complet.

Le séducteur, épouvanté, prêta ce qu'on lui demandait, jura qu'il n'avait commis aucun crime et lorsque son visiteur se fut éloigné, il partit à bicyclette pour un village du Massif central où il continue présentement à se terrer. Martin, en rentrant chez lui, écrivit ce court billet : « Je viens de m'éveiller chez ton barbu. Nous ne nous connaissons plus. Martin. »

L'aventure le laissait très déprimé. Pour se distraire de sa tristesse, il travailla d'arrache-pied sans arriver à d'autre résultat que celui de faire fortune en six mois. Il restait mélancolique et ne cessait de penser à Héloïse, de se demander s'il la haïssait ou s'il en était encore à l'aimer. Pour Héloïse, elle était fixée sur ses propres sentiments à l'égard de Martin. Elle ne lui pardonnait pas d'avoir fait disparaître le photographe marseillais dont elle était sans nouvelles, ce qui ne l'empêchait pas de sortir le soir et d'avoir d'autres amants, mais sans jamais découvrir l'équivalent de celui qu'elle avait perdu. Ces déceptions ne firent qu'aggraver sa rancune contre Martin qu'elle se prit à haïr et qu'elle s'ingéniait à tourmenter. Au temps où elle l'aimait, jamais elle n'avait aussi évidemment souhaité d'exister en même temps que lui et de le rencontrer, mais c'était maintenant à seule fin de pouvoir l'injurier et lui cracher au visage. Dans un esprit de vengeance, elle s'efforçait de le mettre dans des situations difficiles. Par exemple, elle réussit à gagner la confiance de très vieilles demoiselles pieuses, à dormir chez elles et à se métamorphoser de façon à leur apparaître au masculin dans le plus simple appareil. Martin ne dut qu'à l'évanouissement simultané des trois pieuses d'éviter de graves ennuis. Les premiers temps, il usait de bénignes représailles, comme d'attendre devant un miroir l'heure de sa métamorphose. La haine engendrant la haine et sa bile s'échauffant, il eut des ripostes sévères. Plusieurs fois, il lui arriva de prendre le train dans l'après-midi et d'aller se perdre vers sept heures du soir au cœur d'une forêt lointaine où Héloïse était condamnée à errer toute la nuit.

Mme Martin exhortait son mari à moins travailler et à prendre de l'exercice. Elle trouvait qu'il s'alourdissait, prenait du ventre et de l'embonpoint, quoiqu'il eût visiblement moins d'appétit. Quelques jours plus tard, il eut des nausées, des vomissements qui se renouvelèrent quotidiennement et le décidèrent à consulter un médecin. Celui-ci le fit d'abord souffler dans son clairon, le suspendit au plafond par les pieds, le fit uriner dans cette position en même temps qu'il lui donnait un coup de bâton sur la tête et conclut après l'avoir longuement regardé dans les yeux :

– Le cas est rare, mais c'est bien ce que j'avais pensé. Il s'agit d'une grossesse nerveuse.

– Nom de Dieu! s'écria Martin. Si je connaissais le cochon...

Et cette réaction, qui est d'un homme passionné, établit clairement qu'il était resté très épris d'Héloïse.

– Calmez-vous, cher Monsieur, dit le médecin. Une grossesse nerveuse, ce n'est pas bien grave.

– Mais, Docteur, pourquoi voulez-vous qu'elle soit nerveuse? Je suis sûr qu'il s'agit d'une grossesse pure et simple.

– Vraiment? c'est votre opinion?

– Parbleu!

– Alors, c'est en effet un peu plus grave que je ne pensais. Venez donc me revoir demain. J'examinerai votre cas avec un de mes confrères.

Martin comprit qu'on le prenait pour un fou et se garda bien de revenir. Au foyer, comme sa femme l'interrogeait sur le résultat de la consultation, il répondit que le médecin lui avait parlé d'anémie graisseuse due au surmenage et prescrit une vie calme.

– Il en parle à son aise, fit observer Mme Martin, alors que cette sale fille passe ses nuits à faire la noce sans égard aux efforts que tu t'imposes dans la journée, ni à ton état de santé. Trop heureux encore qu'elle ne te flanque pas quelque vilaine maladie. A propos, as-tu remarqué comme elle est en train de changer?

– Comment pourrais-je l'avoir remarqué? Je ne la vois jamais.

– C'est vrai, je n'y pensais pas. Tu sais qu'elle n'a jamais été belle, mais depuis quelque temps, elle grossit des hanches, de la poitrine, et je lui trouve un teint bizarre. Sais-tu ce que je pense, Martin? Cette créature est enceinte.

– Mais non, qu'est-ce que tu supposes? Comme moi, Héloïse fait de l'anémie graisseuse. Il fallait du reste s'y attendre.

Et Martin, se dérobant à la discussion, s'abîma dans une sombre méditation. La conduite d'Héloïse, qui l'avait jusqu'alors passablement irrité, le mettait en fureur maintenant qu'il se trouvait en mesure d'en apprécier les dernières conséquences. Il lui semblait être déshonoré par la grossesse d'un enfant qu'il appelait à part lui l'enfant adultérin, car il avait tendance à considérer Héloïse comme sa femme. Il se reprochait amèrement de ne l'avoir pas fécondée, ainsi qu'il en avait un moment formé le dessein, par insémination artificielle et de s'être laissé arrêter par le problème de la consanguinité. Son ressentiment était si fort que le désir lui vint de se venger et qu'il réfléchit aux moyens de punir Héloïse. La difficulté résidait dans l'impossibilité d'une rencontre, qui ne permettait guère d'envisager autre chose que des tracasseries. La mort ne semblait pas à Martin un châtiment excessif, mais elle eût probablement entraîné la sienne et d'ailleurs le crime lui répugnait naturellement. En fin de compte, il renonça au carnage comme à toute idée de vengeance et sa colère ne tarda pas à s'apaiser. A mesure que s'écoulaient les jours, il se sentait de plus en plus fatigué, ce qui le rendait simplement morose et dolent.

Bientôt le tour de taille d'Héloïse devint tel qu'il ne fut plus possible de cacher son état à Mme Martin qui ne ménagea pas ses sarcasmes. Martin, lui aussi, prenait des proportions imposantes. La question se posait de savoir où aurait lieu l'accouchement. D'un commun accord, on résolut d'abandonner provisoirement la rue des Dames pour faire une retraite en Bretagne. Le voyage se passa sans incident, Martin était habillé d'un pantalon et d'un imperméable qui sont des vêtements d'homme aussi bien que de femme. Lorsqu'il changea de sexe, entre Dinan et Saint-Brieuc, les voyageurs du compartiment n'en furent pas avertis. L'un d'eux fit simplement observer à sa femme, et sans y attacher d'importance, que le voisin venait de changer de tête, ce qui n'a évidemment rien d'extraordinaire.

Les Martin avaient choisi à dessein une maison isolée où ils n'eussent pas à redouter d'indiscrètes curiosités. Héloïse ne pensait plus à vagabonder et passait au lit la presque totalité de ses douze heures d'existence quotidienne, ce qui lui évitait de subir la compagnie de Mme Martin. L'épouse se montrait d'ailleurs d'humeur plus facile et peut-être l'état d'Héloïse lui inspirait-il de la compassion, voire de la sympathie. Martin s'était muni d'un dictionnaire de médecine dans lequel il avait lu que la marche à pied est une bonne préparation aux accouchements. C'était donc lui qui accomplissait des longues marches à travers la lande où il promenait un ventre énorme que son pantalon ne contenait plus. Entre Héloïse et lui, dans les derniers mois de la grossesse, s'étaient peu à peu renouées des correspondances depuis longtemps disparues et tous deux retrouvèrent sensibilités communes et une commune intelligence des choses. Il comprenait maintenant presque aussi bien qu'elle l'attrait qu'exerçait sur les femmes le photographe marseillais et il pardonnait.

Les douleurs de l'enfantement commencèrent un après-midi vers quatre heures. Impuissante, ne sachant que faire ni que dire, Mme Martin regardait son pauvre homme en travail. A six heures du soir les douleurs devinrent si violentes et il criait si fort qu'elle voulut aller chercher le médecin. Il eut la force de l'en empêcher. L'un criant, l'autre sanglotant, les époux regardaient avec épouvante les aiguilles de la pendule, qui avançaient avec une lenteur incroyable. Plusieurs fois, Martin crut que ça y était, que la peau de son ventre se déchirait. Enfin, l'heure de la métamorphose arriva. Héloïse se mit à gémir.

Ce fut un garçon, il n'y avait quant au sexe aucun doute possible, ce qui ne devait pas l'empêcher, dix-huit mois plus tard, de se changer en fille. Il fut déclaré à l'état civil sous le prénom d'Ernest, fils de Martin et de son épouse, née Lapierre. Cette supercherie contraria Héloïse qui n'eut d'ailleurs pas longtemps à en souffrir. Depuis l'accouchement la périodicité des métamorphoses se trouvait soumise à des variations qui diminuaient régulièrement le temps d'existence quotidienne d'Héloïse. La peau de chagrin se rétrécissait de jour en jour. Elle finit par se fondre dans la personne de Martin qui porta toutefois pendant près d'un mois les seins de la femme qu'il avait aimée. Et la poitrine se résorba et il n'y eut plus qu'un souvenir et un regret au cœur de Martin.

# Accident de voiture

Tandis que je marchais sur le remblai de la route nationale, une grosse voiture contenant six personnes me frôla les orteils pour aller s'emboutir contre un très beau platane. L'avant de la voiture était en accordéon et j'entendais les dames crier sur plusieurs registres. Sans hâte, mais non sans une certaine curiosité, je m'approchai pour examiner l'épave et ses occupants, et mon premier geste utile fut de couper le contact, ce qui n'avait pas été fait.

Le conducteur, un homme de cinquante ans, bien vêtu et d'un visage plutôt agréable, n'y avait pas pensé. Je ne lui en fis pas le reproche, car il avait été tué sur le coup, le volant lui ayant vraisemblablement défoncé la cage thoracique. Jailli de sa bouche, un filet de sang avait vilainement taché sa cravate qui était d'un bleu pervenche avec un semis de petites croix, bleues aussi, mais plus foncées. C'était vraiment une jolie cravate et il me vint un peu de tristesse en pensant que cette souillure ne disparaîtrait pas facilement.

Les quatre dames, qui comptaient parmi les six passagers, continuaient à hurler et il n'y a pas grand-chose à en dire de plus.

Le sixième occupant était un vieillard très âgé qui faisait entendre, quand les cris des dames le lui permettaient, un petit rire nasal pas désagréable. L'accident l'avait rendu fou, mais rien ne me frappa ni dans la couleur ni dans le dessin de sa cravate.

Le fond de l'air était frais, le temps assez incertain avec, pourtant, une promesse d'éclaircie. Sous une lumière grise et tamisée, les seigles qui bordaient la route étaient d'un acier blême. Durant quelques minutes, je m'absorbai dans la contemplation de ces champs de seigle auxquels un léger vent d'est imprimait un mouvement de houle qui me fit passer, à quatre reprises, un frisson sur l'échine. Les cris des dames s'apaisaient peu à peu pour n'être plus que des gémissements intermittents.

Désireux d'examiner de plus près la cravate du conducteur, afin de savoir où elle avait été achetée, je tirai le cadavre hors de la voiture et, voyant que la veuve avait un peu de peine, j'entrepris de le ressusciter sans du tout être sûr d'y parvenir.

Le disque du soleil émergeait à peine d'un gros nuage gris, un corbeau s'envolait sur ma droite et le glas tintait à l'église du plus proche village, toutes circonstantes favorables aux résurrections. Je donnai un fort coup de pied dans le ventre du mort et un autre sur la nuque, comme on fait à un ami, et presque aussitôt, il se dressa sur ses pieds et me regarda en coin, l'œil mauvais.

— De quoi vous mêlez-vous? dit-il rageusement. J'étais tranquille, je n'avais plus de soucis. A présent, il va falloir que je me mette en quête d'un garage, que je prévienne l'assurance, que je trouve un moyen de véhiculer tout mon monde pour être à une heure moins le quart à Paris où j'ai rendez-vous. Si vous aviez eu l'esprit de me laisser où j'étais, le rendez-vous ne tiendrait pas pour moi.

— C'est vrai, dis-je, piqué par ces reproches dont le bien-fondé ne m'échappait pas. Je viens de vous mettre dans l'embarras.

— Il fallait y penser plus tôt. Je ne comprends pas qu'on soit à ce point étourdi.

Je sortis alors de ma poche le revolver avec lequel, au

cours de mes promenades, je tire sur les femmes obèses.

– Pardonnez-moi d'avoir agi inconsidérément, mais si vous voulez bien tourner la tête un peu par ici, je vais vous loger une balle entre les deux yeux.

– C'est bon. Nous n'allons pas tout remettre en question. Puisque je suis là, je vais faire ce qu'il y a à faire.

Je suis susceptible. Il avait l'air de me remettre ma dette et d'un ton qui ne me plut pas.

– Permettez, dis-je, je tiens à réparer et je vous prie de tourner la tête.

– Fichez-moi la paix.

– J'insiste. Regardez-moi en face.

On s'étonnera que je n'aie pas brûlé la cervelle à cet entêté sans plus me soucier de l'incidence de son regard, mais je tire toujours entre les deux yeux.

C'est une habitude d'enfance, devenue à la longue une superstition, et je n'ai jamais su m'en défaire.

Nous parlementâmes encore un moment et je vis que mon homme allait se rendre à mes raisons et m'offrir enfin son visage de face, mais alors que je me préparais à l'ajuster, passa sur la route en courant un joli chien blanc et noir. Lâchant mon revolver, je me mis à battre des mains en criant : « Un chien! Un vrai chien! C'est un vrai chien! » Et tout aussitôt, oubliant le sinistre et le ressuscité, je pris ma course derrière l'animal sans penser que j'avais une vie sur la conscience.

Toujours mon étourderie!...

# Le nez des jumelles

Il y avait un cultivateur du nom de Martin qui possédait les plus beaux blés de son village, mais qui ne trouvait pas le moyen de marier ses deux filles jumelles. Par leur modestie, leur piété et leurs qualités ménagères, Léonie et sa sœur Mélina méritaient pourtant l'amour d'un honnête et beau garçon. Le malheur voulait que Mélina eût un nez trop long d'une fois et demie, et que Léonie n'en eût point du tout. Les personnes d'une curiosité avisée prétendaient que, dans le sein de leur mère, l'une des jumelles avait profité de l'obscurité pour détourner à son profit toute la nourriture qui devait aller au nez de sa sœur. C'était là une supposition hardie, à laquelle il ne serait pas tout à fait raisonnable de s'attarder. Quelle qu'en fût la cause, cette mauvaise répartition des cartilages déparait deux visages qui n'eussent pas manqué, sans cela, d'être fort avenants, et le dommage paraissait plus sensible encore par l'effet du contraste. En fait de nez, les moins exigeants d'entre les hommes, s'ils ne se soucient pas de la forme, ne sauraient se désintéresser du volume et ils aiment bien une juste moyenne. Lorsqu'elles traversaient le village, Léonie se mouchait à chaque instant pour faire croire qu'elle avait un nez et Mélina tâchait à se montrer toujours de trois quarts pour faire illusion sur l'importance du sien, mais ces ruses innocentes n'abusaient aucun des jeunes hommes à marier et il n'y avait presque point d'espoir pour les deux infortunées de trouver jamais chaussures à leurs pieds.

– Mon Dieu, soupirait Léonie, quel bonheur ce doit être un mari qui vous mène par le nez...

– Hélas! soupirait Mélina, les époux mal accordés qui passent leur temps à se manger le nez sont encore bienheureux... Pour moi, je me laisserais manger la moitié du mien sans rien dire!

Ainsi s'affligeaient les pauvrettes, et le bonhomme Martin eût payé de ses meilleurs champs de blé la joie de pouvoir prendre à l'une ce qu'elle avait de trop, pour donner à l'autre ce qui lui manquait. Mais quand une fille est entrée dans sa vingtième année, son nez est bien près d'avoir réalisé toutes ses promesses et il n'y a autant dire point de chance que la nature puisse encore se raviser.

La famille Martin avait dans le village une grande réputation de piété et il n'y en eut jamais, à notre connaissance, d'aussi méritée. Léonie et Mélina se vouaient à tous les saints, les priant qu'ils voulussent bien accommoder leurs deux nez d'une manière à les rendre aimables et d'un bon usage conjugal. D'abord, elles s'adressèrent à saint Pierre et à saint Paul qui sont les plus considérables comme les plus sérieux, mais ces deux grands saints ne s'émurent pas des prières qui montaient vers eux et il est croyable que l'objet leur parut indigne de leurs soins. Les deux sœurs songèrent alors à saint Nicolas pour ce qu'elles avaient entendu dire de sa bonhomie et de son cœur paternel – mais il fit la sourde oreille, lui aussi. Avec une admirable patience, elles supplièrent tour à tour saint Antoine, saint Jean, saint Jacques, sainte Catherine et une centaine d'autres à peine moins illustres qui se sont acquis, par leurs mérites, une situation enviable dans l'Église Triomphante. Malheureusement, dans la liste si longue de tous les glorieux martyrs, il n'y en a aucun qui soit spécialisé dans le modelage des nez. Ni saint Éloi le forgeron, ni saint Crépin le cordonnier, n'étaient outillés pour mener à bien une besogne aussi délicate. Littéralement, les deux sœurs ne savaient plus à quel saint se vouer. En désespoir de cause, elles se décidèrent à demander conseil au curé de la paroisse. Après qu'elles lui eurent énuméré tous les saints déjà sollicités, il se gratta la tête, ce qui est un signe constant de perplexité, et déclara en haussant les épaules :

– C'est à n'y rien comprendre... Je sais bien qu'ils ont leurs occupations au paradis, mais sur le nombre, tout de même... Écoutez, je crois qu'à tout hasard, vous pourriez prier saint Christophe. A vrai dire, je ne vois rien dans sa vie qui l'ait préparé plus particulièrement qu'un autre à l'accomplissement d'un tel vœu, mais il paraît qu'on en dit grand bien sur les routes. Essayez toujours.

Les jumelles, rentrées à la maison, se mirent à prier saint Christophe qui leur apparut aussitôt dans sa lumière accoutumée. Il y a des saints plus savants, plus prisés que saint Christophe, il n'y en a point d'aussi cordial. Il ôta son auréole pour mettre les deux sœurs à l'aise et se fit dire toute l'affaire.

– Hum! murmura-t-il, voilà qui n'est guère dans mes cordes...

– Ah! grand saint Christophe, s'écria Léonie, donnez-moi du nez...

– Ôtez-m'en un petit bout! supplia Mélina.

– Donnez-moi du nez, ôtez-moi du nez, c'est bien joli... mais comment faire? Vous comprenez, moi, quand on me sort de l'automobile... Si encore vous étiez des automobilistes, je ne dis pas qu'à la rigueur, peut-être... Faites-moi donc venir votre père, je voudrais lui parler.

Le bonhomme Martin s'avança en tremblant devant le bienheureux qui le rassura d'une parole aimable.

– Mon cher monsieur Martin, je ne voudrais pas être indiscret, mais avez-vous quelques économies?

– On a de quoi, répondit le bonhomme.

– Puisque vous avez de quoi, achetez donc une conduite

intérieure à vos filles et je verrai à me débrouiller pour les nez.

Le bon saint Christophe remit son auréole sur sa tête, salua gracieusement la famille Martin qui était tombée à genoux et, sautant par la fenêtre, s'éleva dans les airs d'un coup de talon.

En considération de la visite du grand saint et dans l'espoir que le nez de ses filles lui ferait honneur un jour, le bonhomme Martin fit bien les choses et ne regarda pas à la dépense. La conduite intérieure n'eut pas moins de six cylindres et de dix-huit chevaux. Les jumelles avaient tant d'enthousiasme qu'elles apprirent toutes les deux à conduire dans une même journée. Mélina eut bien quelques difficultés dans le premier moment, à cause de son grand nez qui lui dérobait la vue de la route jusqu'à trente mètres en avant du capot, mais elle s'accoutuma très vite à regarder en biais.

Le miracle que l'on attendait de saint Christophe s'accomplit d'abord sans secousse et jour par jour. Les deux sœurs, dans leur six-cylindres, traversaient le village d'un train si vif que les garçons n'avaient pas le temps d'apprécier les imperfections de leurs profils. Il y avait bien encore quelques mauvaises langues pour rappeler que les filles Martin n'étaient pas avantageuses du nez, mais ces propos malveillants restaient à peu près sans écho. Au passage de la conduite intérieure, les hommes se prenaient à rêver et s'appuyaient avec langueur sur le manche de leurs fourches. On les entendait murmurer :

– Les jolies couleurs fraîches... Comme c'est souple et gracieux, et robuste aussi...

En parlant ainsi, ils songeaient à la carrosserie, à la suspension, au moteur, mais ils arrivaient tout doucement à confondre la voiture et les jumelles dans une même admiration. Il faut dire que Léonie et Mélina, depuis qu'elles roulaient dans une dix-huit chevaux, étaient devenues des jeunes filles élégantes. Elles n'auraient pas osé monter en voiture avec des sabots, un jupon de finette et un caraco.

Elles se mirent très vite à porter des robes à la parisienne, du linge rose, des bas de soie et, comme elles avaient la jambe bien faite, il ne manquait pas d'hommes qui prenaient plaisir à les voir monter sur leurs sièges. Enfin, elles connurent l'art délicat de se maquiller. Mélina parvint même à tirer parti de son grand nez; elle en teintait une moitié avec des fards ocre et l'autre moitié avec des fards de la couleur du temps qui la rendaient quasi invisible; il fallait aux plus malins y regarder de bien près pour apercevoir ce que son nez avait en trop. Léonie, d'autre part, dissimulait le sien très habilement sous des lunettes de chauffeur.

Parmi les garçons du village, Antonin fut le premier qui s'intéressa tendrement aux filles du bonhomme Martin. C'était un garçon timide, indécis; ne sachant sur laquelle des deux sœurs fixer son affection, il les courtisait l'une et l'autre. Après quelque temps d'hésitation, il parut néanmoins que son cœur penchait vers Léonie, la jumelle au nez trop court. Elle en eut une grande joie et vécut dans l'attente fébrile d'une déclaration d'amour, tandis que sa sœur se résignait déjà.

Un dimanche que le père Martin déjeunait avec ses filles, l'amoureux entra, poussa un soupir et déclara :

— Il faut pourtant que je me décide à vous le dire : je suis amoureux d'une de vos filles.

Ce disant, il regardait tendrement Léonie, toute rougissante de bonheur.

— Je ne vois pas de mal à ce que tu te maries avec une de mes filles, répondit le père. Laquelle as-tu choisie?

Antonin sentit revenir d'un coup toutes ses hésitations, mais il fallait bien parler. Il se prononça au hasard :

— Je choisis Mélina.

Léonie devint très pâle et aussitôt son nez s'allongea, ainsi qu'il arrive à peu près constamment aux personnes qui éprouvent une déception cruelle. Voyant le nez de sa fille s'allonger, le père tira dessus tant qu'il put afin de lui conserver ce calibre inespéré et il y réussit très bien.

Saint Christophe, qui avait mené toute l'affaire, se frottait les mains du haut du ciel et murmurait avec satisfaction :
– Et d'une. Le plus difficile est fait à présent, il me semble.

En effet, saint Christophe avait accompli la partie la plus délicate de sa tâche. Pour Mélina, ce lui fut un jeu de réduire son nez à des proportions harmonieuses. Un jour que la jeune fille, imprudente comme elles le sont toutes, roulait à cent à l'heure sur la route nationale, le bon saint combina un petit accident avec le concours d'un poulet neurasthénique. La pauvre bête fut si bien écrasée qu'il n'y eut pas d'autre moyen, pour la manger, que de l'accommoder en sauce. Quant à Mélina, un éclat de vitre lui sectionna le nez à l'endroit convenable et les chirurgiens firent le reste.

Pourvues de nez agréables par la grâce du bon saint Christophe, Léonie et Mélina devinrent les plus jolies filles du village et même des villages voisins à trois lieues à la ronde. Elles se marièrent toutes les deux par un joli samedi de printemps et eurent chacune huit enfants, sans compter les filles, tous beaux, bien faits, avec les plus jolis nez du monde.

# Le couple

Il y avait entre Valérie et Antoine un si grand amour que, un soir de vacances, sur une petite plage bretonne, ils se fondirent l'un dans l'autre et que leurs deux corps n'en firent plus qu'un. Il semble que la nature soit conformiste jusque dans ses extravagances puisque, dans cette étroite communion, ce furent le sexe mâle et l'apparence corporelle d'Antoine qui prévalurent avec une légère atténuation de la carrure et, à peine visible, un adoucissement des traits du visage. On peut aussi rapporter cet effacement du féminin (d'ordre purement formel) au fait que les femmes et les jeunes filles de notre temps éprouvent plus ou moins profondément, et jusque dans l'amour, le besoin de ressembler à des hommes, et Valérie n'échappait pas à la règle.

Ainsi fondu dans sa nouvelle enveloppe, le couple extasié passa les premières heures de la nuit au bord de la mer à promener son bonheur sous les étoiles. Un dialogue muet, du reste assez étroitement limité, s'était établi entre les éléments du couple qui avaient conservé chacun sa personnalité quoique étant l'une et l'autre pour ainsi dire bord à bord et parfois entremêlées. De temps en temps, Valérie et Antoine élevaient pourtant la voix – une voix qui, elle aussi, leur était commune et avait gagné en étendue dans les notes hautes. C'était pour faire entendre un chant d'action de grâces dont ils sentaient tous les deux le besoin, bien qu'elle eût peu de religion et que lui n'en eût pas du tout. Un professeur de culture physique, qui rentrait ce soir-là du village voisin où il venait de donner une leçon particulière à la receveuse des postes, rapporta plus tard qu'il avait rencontré Antoine à une heure du matin, marchant sur la grève et chantant à tue-tête un *Ave Maria.*

Enfin, las d'avoir longtemps marché, le couple rentra à l'hôtel, qui était celui d'Antoine, se coucha et s'endormit presque aussitôt d'un profond et émerveillé sommeil. Un quart d'heure plus tard, il percevait confusément des coups frappés à la porte de la chambre, sans comprendre encore qu'il s'agissait d'une visite. Comme il tardait à répondre, une main ouvrit la porte, alluma ensuite le plafonnier, et M. Le Kérec, père de Valérie, apparut au seuil de la chambre tandis que l'hôtelier qui l'avait introduit s'éloignait au bout du couloir.

– Je vous demande pardon, dit M. Le Kérec, de m'introduire ainsi chez vous en pleine nuit. J'ai frappé longtemps et, comme vous ne répondiez pas, j'ai voulu m'assurer que vous n'étiez pas là.

D'un mouvement tout spontané qu'Antoine n'eut pas le temps de contrôler, Valérie rejeta les couvertures et courut à son père qu'elle prit par le cou en s'écriant :

– Papa! Si tu savais comme je suis heureuse...

Elle s'interrompit et laissa retomber les bras noués autour du cou de M. Le Kérec, brusquement consciente que les réflexes d'une jeune fille affectueuse se trouvaient mal adaptés à l'ambivalence de son état. M. Le Kérec considérait froidement, et non sans un certain malaise, ce garçon en pyjama qui venait de l'embrasser en l'appelant papa, en le tutoyant et en mettant au féminin l'adjectif « heureux » rapporté à sa propre personne. Il y eut un lourd silence pendant lequel Valérie et Antoine se consultèrent sur la meilleure façon de répondre aux questions que le père n'allait pas manquer de poser.

– Monsieur Jouquier, dit enfin M. Le Kérec, hier soir,

avec mon autorisation vous êtes sorti en compagnie de ma fille Valérie pour aller faire un tour sur la jetée. Or, il est plus de deux heures du matin et ma fille n'est pas rentrée. Vous allez me dire premièrement où elle se trouve et ensuite comment vous avez employé votre temps entre vingt et une heures quinze et deux heures.

Ayant fermé la porte et prié le père de s'asseoir, le couple entreprit de lui faire entendre la vérité. Valérie comptait, pour le persuader, sur la force de l'instinct paternel, Antoine sur l'ouverture de l'âme bretonne aux mystères profonds des métamorphoses amoureuses. A vrai dire, la réaction de Le Kérec, qui était professeur de sciences naturelles à la faculté de Rennes, ne trahit rien qui fût spécifiquement breton et ne mit pas non plus en valeur son instinct paternel. L'œil mauvais, il apostropha Antoine d'une voix déjà frémissante de colère.

– Vous vous f... de ma gueule, mon garçon, mais je vous avertis que je ne suis pas sorti de mon lit à deux heures du matin pour entendre des contes à dormir debout. Si dans cinq minutes vous ne m'avez pas dit où est Valérie, je vous flanque entre les pattes de la gendarmerie!

– Monsieur le Professeur, proposa le couple par la voix d'Antoine, faisons une expérience. Vous jugez bien que votre fille n'a pas pu me mettre au courant de tous les détails de votre vie familiale. Interrogez-moi sur quelque menue circonstance connue de vous et de Valérie. Vous verrez bien.

Le Kérec haussa les épaules, mais il y avait là une méthode d'investigation qui flattait les habitudes d'un esprit formé dans les disciplines scientifiques.

– Soit. Qu'ai-je dit à ma fille après vous avoir rencontré pour la première fois?

– Vous avez dit : cet Antoine Jouquier a l'air d'un minus, sans compter qu'il est assez mal bâti.

– Que s'est-il passé chez nous, pendant le dîner, le 19 octobre de l'année dernière?

– C'était l'anniversaire de Mme Le Kérec. Chacun lui a fait un cadeau, vous une veste en daim, Valérie une paire de gants. Pendant le repas, votre fille Juliette a parlé d'Odette Vairon, une étudiante à laquelle vous vous intéressiez. Vous étiez gêné et, en rencontrant le regard de Valérie, vous avez rougi.

Le professeur, impressionné, posa d'autres questions auxquelles Antoine répondit avec la même sûreté. La conclusion paraissait s'imposer et, dans l'esprit du couple, la partie était gagnée.

– Il est inutile de poursuivre l'expérience, convint Le Kérec, je n'arriverai pas à vous prendre en défaut. Il est certain que vous possédez on ne peut mieux la faculté de lire dans la pensée des gens...

– Comment! Vous doutez encore que Valérie et moi soyons une seule et même personne?

– Je ne doute pas. Je suis sûr que ma fille Valérie est un être parfaitement autonome et que vous ne la recelez pas dans vos flancs. C'est pourquoi je vous demande une dernière fois où se trouve présentement Valérie. Tenez, j'admets que, au cours de votre promenade, vous avez pu vous quereller et chacun de vous deux aller de son côté. Dites-moi simplement ce que vous savez.

Antoine répondit qu'il ne pouvait faire que la vérité fût autre que ce qu'elle était, mais ce fut avec véhémence que Valérie, emportée par l'indignation, par la douleur aussi, s'adressa à son père.

– Tu n'es pas de bonne foi, reprocha-t-elle. Tu as peur de la vérité, peur en te prononçant pour elle de compromettre ta situation universitaire, ta réputation de savant. Plusieurs fois, à la maison, je t'ai entendu parler de télépathie, de transmission de pensée et c'était pour dire que tu n'y croyais absolument pas. Tu n'as pas plus de courage que d'honnêteté.

– Que voulez-vous, répondit Le Kérec, je préfère croire à des phénomènes de télépathie, qui ne déroutent pas la raison, qu'à cette absurde fusion de deux corps en un seul. N'avez-vous plus rien à me dire?

– Je vous trouve limité, dit simplement Antoine.

Après avoir jeté un coup d'œil sur le lit, ouvert l'armoire et le cabinet de toilette pour s'assurer que Valérie ne s'y trouvait pas, le professeur appela l'hôtelier pour le prier de téléphoner à la gendarmerie. Le patron, qui avait de l'amitié pour Antoine, défendit avec énergie son client et la tranquillité de son établissement. Il fut toutefois surpris d'entendre le jeune homme dire au professeur:

– Apparemment, tu soupçonnes Antoine de m'avoir fait disparaître après s'être livré sur moi à d'odieuses violences? Eh bien, tu sauras que si nous ne sommes pas encore fiancés, je suis déjà sa maîtresse et depuis quatre jours.

– C'est vrai? demanda le père, entrant dans le jeu sans y penser, comme s'il eût eu deux interlocuteurs en la personne d'Antoine Jouquier.

– C'est vrai, confirma Antoine.

– N... de D...! s'écria Le Kérec. Je ne sais pas ce qui me retient...

– Doucement, doucement, intervint l'hôtelier. Qu'est-ce qui s'est passé, au juste?

– Il se passe que l'aînée de mes filles...

– Ah! Je t'en prie, papa, je t'en prie, coupa Valérie, et Antoine poursuivit: «J'ai eu tort, Monsieur le Professeur. Je n'aurais pas dû. Je me suis fait beaucoup de reproches.»

Le Kérec eut un regard haineux. Dans cet instant de douleur et de colère où son jugement n'était plus entravé par des balançoires raisonneuses, il ne doutait plus que sa fille, après avoir cédé à Antoine, se trouvât maintenant lovée dans le corps exécrable du suborneur. Cette idée décuplait sa rage.

– Salaud! Je vous ferai regretter d'avoir détourné ma fille. Je vous le ferai regretter à tous les deux!

– Allons, allons, dit l'hôtelier, à quoi bon se fâcher? On

est jeune, on est plein de bonnes résolutions et un beau jour il arrive ce qui doit arriver. C'est humain.

– Vous, f...-moi la paix!

– Et vous, f...-moi le camp, puisque vous le prenez sur ce ton-là. Vous ne pensez pas que vous allez me faire droguer ici le reste de la nuit à vous écouter divaguer? Je ne suis pas en vacances, moi.

– C'est bon. Suivez-moi, ordonna au couple le professeur.

Antoine passa par-dessus son pyjama un pantalon et un pull-over. Dans l'esprit de Le Kérec, il s'agissait de se venger du couple en le livrant à la justice et d'abord à la gendarmerie, mais lorsqu'il eut franchi la porte de l'hôtel, sa colère était déjà tombée et il n'avait plus aucune envie de punir sa fille, ni même le coupable. C'est alors que se posa pour lui la question : que faire? Il ne pouvait pas renvoyer Antoine à son sommeil et, de son côté, rentrer chez lui pour dire à sa femme qu'il n'avait rien appris sur la disparition de Valérie. Il lui vint à l'esprit d'emmener le garçon à sa villa et de soumettre toute la famille à l'expérience à laquelle lui-même s'était prêté dans la chambre de l'hôtel, mais quel que dût en être le résultat il fallait envisager des suites redoutables. Une jeune fille ne saurait disparaître que la justice n'en soit tôt ou tard informée. Allaient-ils lui et les siens affirmer à leurs amis, ensuite aux autorités et aux juges, que Valérie et Antoine s'étaient fondus l'un dans l'autre? Quelle figure feraient-ils devant le monde, devant la faculté de Rennes? De complices ou de débiles mentaux? Le professeur se sentait pris dans l'engrenage de la mécanique sociale qui lui imposait la conviction qu'Antoine mentait avec effronterie.

Les gendarmes furent longs à s'éveiller, longs à comprendre de quoi il s'agissait. N'eût été la considération qui entourait le professeur et son grade dans la Légion d'honneur, ils auraient renvoyé les deux parties dos à dos. Le brigadier savait à quoi s'en tenir sur les jeunes personnes de bonne famille et, à son estime, Valérie était tout simplement restée endormie dans les bras d'un galant. Il fallut l'entêtement d'Antoine à prétendre qu'elle et lui s'étaient fondus en une seule personne pour qu'il prît la décision de le boucler dans une pièce de la gendarmerie.

Le point de vue du brigadier changea lorsqu'un pêcheur lui apporta des vêtements de femme, un bracelet-montre, une chaîne d'or et des boucles d'oreilles, trouvés sur la grève à cinq heures du matin, le tout ayant appartenance à Valérie. L'après-midi même, un commissaire venait enquêter sur la disparition de la jeune fille et, du même coup, interroger le prisonnier. Comme celui-ci persistait dans ses affirmations absurdes, le rapport du commissaire conclut que cette affabulation grotesque de la vérité contenait l'aveu d'Antoine Jouquier qu'il n'avait pas quitté la victime jusqu'à l'instant où elle s'était dépouillée de ses vêtements et qu'il connaissait le lieu où elle se trouvait présentement.

Transféré à la prison départementale de Vannes, Antoine fut inculpé de rapt et de séquestration de mineure, en attendant que le flot rejetât le cadavre sur la grève.

Pendant le premier mois, le couple vécut presque parfaitement heureux dans sa cellule. Le temps de la communion et des ineffables prolongements qu'elle conférait aux deux amants fut aussi celui des explorations, chacun apprenant à connaître de l'autre, jusque dans le plus fin, mille moyens de sentir et de comprendre qui lui étaient étrangers, chacun faisant aussi pour son compte de curieuses découvertes sur la nature profonde du sexe opposé.

Ils n'avaient nul besoin de parler pour correspondre et c'était dans le silence qu'ils se comprenaient le mieux, mais ils entretenaient l'habitude de converser à haute voix à propos de choses de peu d'importance comme les voitures de sport, le cinéma ou la politique. Parler était aussi pour eux un moyen de se donner l'illusion d'un affrontement qui commençait à leur manquer.

De temps à autre, le couple était conduit chez le juge

chargé d'instruire leur affaire. La cause d'Antoine n'était pas si mauvaise. Auprès des vêtements de Valérie trouvés en assez bon ordre sur la grève, on n'avait relevé aucune trace de lutte et le fait qu'Antoine n'eût pas songé à les faire disparaître semblait témoigner en sa faveur. La conviction du juge qui rejoignait celle du défenseur était que les jeunes gens, vers dix heures du soir, avaient pris un bain au clair de lune et que la mer ayant emporté Valérie, son compagnon n'osait pas en faire l'aveu. A maintes reprises, il tendit la perche à Antoine qui s'enfermait obstinément dans ses explications stupides. Les experts médicaux, commis à l'examen mental, conclurent à l'entière responsabilité du prévenu, rejetant même l'hypothèse selon laquelle une noyade accidentelle, en causant au jeune homme un traumatisme mental, aurait pu en faire la victime d'une hallucination. A les en croire, il n'était qu'un simulateur et c'est justement cette certitude des experts qui pesait le plus lourdement dans son dossier. On ne simule, disait le juge, que parce qu'on dissimule. Par malchance, le défenseur était un homme de beaucoup de bon sens et, à chacune de ses visites à la prison, il répétait inlassablement à l'inculpé :

– Votre système de défense est idiot. Qui pouvez-vous espérer convaincre en vous tenant à ces balivernes ? Soyez sûr que vous ferez s'esclaffer n'importe quel jury de cour d'assises.

– Croyez-vous, maître, que le professeur a eu l'honnêteté de déclarer au juge d'instruction qu'il avait été troublé par l'expérience à laquelle il s'est soumis dans notre chambre ?

– Il a même été assez généreux pour me le confirmer personnellement et par écrit. Mais de là à croire à ces sornettes, il y a loin. Pour ma part, je ne vois même pas comment utiliser à notre avantage le témoignage du professeur. Je vous l'ai dit et je vous le répète, il n'est pas question pour moi de défendre votre point de vue.

– Que risquez-vous ?

– Mon pauvre ami, votre question n'a pas de sens. Vous même, que penseriez-vous d'un monsieur qui viendrait vous dire que, chaque nuit, entre une heure et cinq heures du matin, il se change en buffet Henri II?

– Il est certain que je resterais pensif.

Ce fut vers la fin du premier mois de détention que les deux amants eurent pour la première fois le sentiment, non pas d'un désaccord, mais d'une légère rupture d'harmonie dans l'intimité que leur imposait à chaque instant la cohabitation d'un même corps. Il apparut clairement à l'un comme à l'autre qu'Antoine était plus heureux que Valérie. Aussitôt, ils commencèrent à en souffrir chacun sur un mode personnel, ce qui contribua encore à augmenter l'importance de l'écart qu'ils venaient de découvrir. S'il était le plus heureux, c'est sans doute que, dans la fusion de leurs deux corps, Antoine s'enchantait à l'idée d'être la vivante réalisation de l'unité du couple et ne regrettait rien de ce qu'un homme peut lui abandonner. Valérie, elle, ne trouvait pas dans cette unité la promesse d'une vie sociale, à la fois établie et enracinée, ni la perspective d'un foyer, d'un mari à plier à ses habitudes, d'un enfant, d'une famille à défendre, à imposer, toutes choses dont elle avait cru pouvoir sourire jusqu'alors et qui lui manquaient déjà. A mesure que passaient les jours, son regret devenait plus vif et la seule unité qui lui parût admissible était celle qui se crée autour d'une femme.

Un matin, aux premières lueurs de l'aube, le couple se leva de sa paillasse et alla se planter devant la fenêtre de la cellule, où apparaissait un coin de ciel entre les barreaux. Soudain, Valérie, angoissée, éprouva une sensation nauséeuse, comme d'appauvrissement et de régression. Ouvrant les yeux, elle vit tout près d'elle Antoine qui lui tournait le dos. Rien ne semblait l'avoir averti de leur séparation. La tête renversée en arrière, il contemplait le coin de ciel où s'effaçait une tache de bleu vers le haut de la fenêtre. Blessée, elle songeait en retenant ses larmes : « Il n'a rien senti et il continue à ne rien sentir. Je suis sûre qu'il est en train de rêver à l'unité de notre couple. » Enfin, Antoine se retourna, mais au même instant, un gardien entrait dans la cellule. Voyant une fille nue qui essayait de se dissimuler derrière son prisonnier, le geôlier proféra d'abord un juron.

– Qu'est-ce que vous f... -là ? rugit-il. Et d'abord, qui êtes-vous ?

– Je suis Valérie Le Kérec...

Le directeur de la prison fut aussitôt informé et ne tarda pas à se convaincre de la réalité des faits. C'était un directeur ambitieux qui rêvait de diriger un jour une de ces vastes centrales que nous promet notre époque, où les prisonniers, à raison de cinquante mille par bloc d'immeubles, seront surveillés au radar. Aussi ne se souciait-il pas de compromettre sa carrière par une histoire suspecte dont le rapport figurerait à son dossier de fonctionnaire. Ayant donné à Valérie de vieux vêtements de sa femme et un billet de chemin de fer, il la faisait sortir clandestinement de la prison. Le soir même elle était dans sa famille.

– Pour ton animal d'Antoine Jouquier, prononça le professeur Le Kérec après les transports et les effusions, il ne lui reste plus qu'à réparer.

– Il n'y a rien à réparer, dit Valérie, et je n'ai d'ailleurs pas le désir de me marier maintenant.

– Pourtant, votre intimité...

– Oui, bien sûr, mais l'excès d'intimité est justement ce qu'il y a de moins favorable à l'amour. Pour Antoine, ce que je veux, c'est faire proclamer bien haut qu'il a dit la vérité, et que lui et moi n'avons fait qu'un pendant cent vingt-cinq jours.

La famille protesta. A quoi bien prolonger le scandale ?

– Je ne suis du reste nullement convaincu de ce que tu avances, ajouta le père.

– Allons, accompagne-moi à Vannes et allons faire une visite au directeur de la prison.

Le Kérec n'osa pas se dérober. Le directeur de la prison les accueillit courtoisement, mais déclara n'avoir jamais vu Mlle Le Kérec dans son établissement et ne rien comprendre à ses allégations. On n'en put rien tirer de plus. Le professeur et sa fille, dans une rue de la ville, croisèrent Antoine Jouquier qui avait été élargi dans la matinée. Il leur parla de ses études, de l'Algérie et d'une armoire d'angle qu'il venait de voir dans la vitrine d'un antiquaire.

*Composé et achevé d'imprimer*
*par la Société Nouvelle Firmin-Didot*
*à Mesnil-sur-l'Éstrée, le 17 novembre 1987.*
*Dépôt légal : novembre 1987.*
*1ᵉʳ dépôt légal : octobre 1987.*
*Numéro d'imprimeur : 8185*

ISBN 2-07-071165-X/Imprimé en France